Nautil
15

CW01657464

Jan Jacob Slauerhoff

Il regno proibito

Traduzione di Claudia Di Palermo

Nutrimenti mare

Titolo originale: *Het verboden rijk*

Traduzione dall'olandese di Claudia Di Palermo

Nederlands letterenfonds
dutch foundation
for literature

Questo libro è stato pubblicato con il sostegno della Fondazione nederlandese per la letteratura.

Per la postfazione, © Jane Fenoulhet 2012
First published in UK by Pushkin Press
Si ringraziano Jane Fenoulhet e Pushkin Press per la gentile concessione
Traduzione della postfazione di Federica Romanò

© 2016 Nutrimenti srl

Prima edizione aprile 2016
www.nutrimenti.net
via Marco Aurelio, 44 – 00184 Roma

ISBN 978-88-6594-442-4
ISBN 978-88-6594-466-0 (ePub)
ISBN 978-88-6594-467-7 (MobiPocket)

Per D.

Indice

Prologo

Per Albino Forjaz de Sampaio

I

Nel settembre del 1540, quando Lian Po esisteva ormai da diciotto anni, arrivò alla porta nord della città una delegazione imperiale, che recava il nome celeste sul vessillo, ma non portava con sé alcun dono e aveva indosso le vesti funebri azzurro pallido. Il capo delegazione desiderava incontrare il governatore Antonio Farria. Poiché era notte, furono condotti in una locanda con torce e lanterne accese, e malgrado i borbottii di impazienza vennero ammessi solo il mattino seguente da Farria, che – al corrente del loro arrivo e degli abiti – li attendeva su un trono con indosso l'armatura.

Il più anziano si fece avanti, senza togliersi il copricapo, e disse con voce inespressiva: "Lian Po verrà distrutta, i portoghesi e i loro schiavi malediranno tra i supplizi il giorno in cui sono nati, se i loro fratelli nel Sud andranno avanti a conquistare la Malacca".

Farria, senza alzare la voce né le membra, prese dal tavolo che aveva accanto un rotolo di pergamena, srotolò una carta geografica della Malacca e indicò una linea rossa che tagliava il collo della penisola, indicò attraverso la finestra il fiume dove le navi alzavano le bandiere e spiegavano gli stendardi. Poi diede un cenno, si udì uno sparo, molte bocche di fuoco risposero e scoppiò un'esultanza su tutta la città e sull'acqua. I messi percorsero la via del ritorno su portantine chiuse in mezzo a una città in festa.

Alla fine dell'anno comparve nella baia una flotta imperiale di oltre mille vele. Un nave per ogni portoghese a Lian Po. Alcune spie riferirono di un grosso esercito in avvicinamento, a tre giorni di cammino. Farria lasciò Lian Po sotto il comando di Perez Alvadra e si lanciò con le trenta navi che erano nel porto in mezzo alle giunche. Su sei di quelle imbarcazioni aveva fatto posizionare un cannone e una colubrina, che lanciarono i loro proiettili tra le giunche, mentre la sua flotta si avvicinava lentamente al nemico. Prima di passare all'attacco, ne erano affondate centinaia. Poi d'un tratto si alzò il vento di terra, le pesanti munizioni caddero in mare e con rapide manovre le caravelle penetrarono attraverso lo schieramento nemico, facendo fuoco in ogni direzione. Ma alla fine a ciascuna nave si trovarono legate decine di giunche e centinaia di guerrieri urlanti assaltarono i ponti, brandendo spade ricurve. Granate dalle coffe, colpi di moschetto da poppa e da prua, coltelli e lance sui ponti sterminavano i manciù come uno sciame di cavallette.

Di notte si continuò a combattere alla luce delle fiaccole, scialuppe armate prendevano parte alle ostilità e branchi di squali – le iene delle battaglie navali – si contendevano i naufraghi sanguinanti.

Le torce stavano per spegnersi quando da terra s'intravide un grosso bagliore. Una rossa muraglia di fiamme si alzò lenta da un lato all'altro dell'orizzonte. Farria, vedendola, andò su tutte le furie e segnalò alle sue navi di raggrupparsi per l'ultimo attacco. Nove si schierarono accanto alla sua imbarcazione, le altre non riuscirono a liberarsi dal groviglio o erano cadute in mano nemica.

Una dietro l'altra, facendo ininterrottamente fuoco e cozzando contro tutto ciò che si trovavano davanti, passarono per tre volte attraverso la flotta. L'alba, affacciandosi all'orizzonte, sorprese le giunche in ritirata e quattro navi fecero dietrofront e rientrarono nella baia. Ma a quel punto Lian Po era già scomparsa, una spessa coltre di fumo aleggiava sulle silenziose rovine di mura crollate e travi carbonizzate.

Farria andò nel luogo in cui sorgeva la sua città. Le strade erano quasi interamente ricoperte di macerie, eppure egli si fece largo, spostando cadaveri con la spada se lo intralciavano, in un caso rimuovendo insieme due corpi abbracciati, e infine si trovò davanti ai resti della sua casa. Non osò varcare la soglia, oltre la quale la moglie e i figli erano bruciati o... Si puntellò con la spada e aspettò che uno dei soldati si avvicinasse. "Cercate", ordinò con voce roca, "sgomberate le travi, aprite i sotterranei".

Andò a sedersi su una panca di pietra, che un tempo si trovava di fronte a un laghetto tra fiori e arbusti. Con l'elmo raccolse dell'acqua dalla pozza e si rinfrescò il capo. Aveva i capelli ricoperti di carbone e fuliggine – non se ne accorse. Gli deposero ai piedi un paio di spade annerite e una brocca di ferro: gli unici oggetti ancora riconoscibili.

Poi anche Farria entrò nella sua casa incendiata, mise qualche manciata di cenere nel fazzoletto da naso.

La sera salparono quattro navi, tutto ciò che rimaneva del primo insediamento nel Catai, dirette a sud, una a fianco all'altra.

La piccola flotta era circondata dalle stelle, in alto la luna nel cielo nero. Sulla poppa della *Mãe de Deus*, Farria e Mendez de Pinto. Fissavano le vele, la scia sull'acqua, ogni tanto camminavano su e giù per la nave, poi si fermavano di nuovo, senza dire una parola.

C'era una lampada accesa sopra il boccaporto, l'ottone del portello e il bronzo dei cannoni luccicavano, per il resto tutto era avvolto nell'oscurità – era buio tra le due figure solitarie, buio attorno alle vele. Ma lentamente lo scafo s'illuminò d'un bagliore verdastro, che prima fece ricomparire le controrande, poi sottrasse alla notte la prua, da cui si alzò un lieve mormorio come di uomini al risveglio.

Infine apparvero anche l'imponente sagoma di Farria e il piccolo, esile Mendez. "Verde è il colore della speranza", commentò Farria senza convinzione. Ma Mendez dissentì. "È il fuoco di Sant'Elmo, foriero di sventure, di morte. Cos'altro può significare?". E, di colpo, un fiume di parole uscì dalla bocca dell'omino taciturno, che per giorni non aveva pronunciato sillaba, che non aveva fatto altro che camminare su e giù per la nave, ispezionare i cannoni, bere, bere molto. E imprecare in silenzio sul parapetto.

Finalmente il suo risentimento trovò uno sfogo.

"Tutto, tutto per niente. Vent'anni di lotte, solitudine, negoziati con bastardi gialli, pazienza, suppliche per le munizioni, per le truppe.

"Le lettere arroganti degli affaristi a Malacca, i tronfi governanti di Goa, che ci chiedono cosa cerchiamo così lontano, quando di spezie – che portano i maggiori profitti

– nella Malacca se ne trovano a palate. Le epistole offensive dei prelati che domandano quando il Catai sarà finalmente cristiano. Quelle del re che si lagna perché la sua delegazione a Pechino non è stata accolta con più onori, perché non ha riportato più doni.

"Costoro mirano solo a mantenere ciò che hanno, a corrompere i nemici per poltrire essi stessi in terra d'altri. Ai margini dei regni fiabeschi, in perpetua lotta con i diavoli più astuti e crudeli della terra, veniamo abbandonati al nostro destino in una postazione impossibile da mantenere, dove abbiamo sprecato la vita. Ora ci giunge la ricompensa dei folli, le nostre donne torturate a morte, i nostri figli arsi vivi o rapiti.

"Siamo poveri esattamente come trent'anni fa, quando uscimmo dalla foce del Tago, nobili spiantati, ma per nostra fortuna con la benedizione del cardinale e un'onorificenza del re.

"Cosa ci attende al ritorno? L'anatema che spetta agli eretici, l'ira del re, forse il carcere. Basti pensare a Colombo, a Da Gama, a tanti altri.

"Dove puntare? L'opera delle nostre mani è esistita per vent'anni ed è incenerita in una sola notte. Dirigiamoci verso un'isola indesiderata e attendiamo lì la nostra morte. Oppure restiamo in agguato di ogni bandiera portoghese e mandiamola a picco. No, meglio intraprendere il viaggio di ritorno, facendo fuoco su Malacca e Goa e Lisbona, finché non segua la morte. Perché mai siamo nati e ci siamo imbarcati in questa impresa?".

I suoi tratti erano cinerei nella luce verdastra, con le mani rompeva pezzetti di legno e il corpo sussultava contro il parapetto. Finché Farria, come sempre lento e misurato nel parlare, cercò di convincere il suo comandante in seconda della propria idea.

"È tutto vero. A Malacca ci accoglierebbero con scherno per trionfare su di noi. A Goa ci interrogherebbero per sapere perché non abbiamo tenuto la posizione. Cinquecento soldati e tredici navi, di cui la metà da guerra, non sono forse una potenza invincibile contro il più grande degli imperi? A Lisbona ci imprigionerebbero. Io non lo temo, la penso come te. La mia vendetta va oltre. Di nuovo intendo sbarcare, combattere, negoziare, costruire una seconda Lian Po, più ricca e più grande della prima. Farà ombra a Malacca, susciterà l'invidia di Goa. Poi, quando verrò sollevato dal mio incarico per far posto a uno dei bastardi del re, isserò la mia bandiera e con la mia flotta e il mio esercito manterrò la mia creazione, o la distruggerò, qualora ciò dovesse rivelarsi impossibile".

Mendez scrollò afflitto il capo.

"Siamo troppo vecchi. Ci vuole troppo tempo. Gli anni che ancora mi restano voglio dedicarli alla vendetta. Datemi le copie delle lettere, delle suppliche e delle ordinanze che scrivemmo per i rinforzi, datemi le risposte altezzose e sprezzanti. Sarà il mio breviario quotidiano. Da esse voglio trarre il coraggio, se dovessi soccombere in desolata solitudine".

Farria notò la ferma risolutezza dell'altro.

"Sappiate che troverete sempre aperto il mio porto, anche se di fronte vi fosse schierata l'intera flotta portoghese".

"Non parlate così. Non fatelo mai, altrimenti non riuscirete a portare a compimento i vostri propositi di vendetta. Magari sarò io a offrirvi un aiuto".

La luce verdastra si dissolse ed entrambi dormirono un sonno inquieto sulle brande della cabina.

E al mattino Farria diede a colui che voleva seguire la propria strada un fascio di carte in un cofanetto e il suo spadino di rappresentanza.

Le navi erano bracciate, ci fu un viavai di scialuppe. Quanti volevano condividere il destino di Mendez dovettero imbarcarsi sulla *Pinta*, la nave più piccola, su cui ora venne issata la bandiera nera. Quando il pomeriggio Farria vi remò intorno, trovò un Mendez torvo sul barcarizzo e la nave con un esiguo equipaggio.

Furono portati a bordo i doni di addio; i due si tennero a lungo le mani. Poi si udì uno sparo e Mendez sulla *Pinta* andò per la sua strada.

Di lui non si ebbe più alcuna notizia.

II

Con tre navi Farria navigò verso sud. Nel mare tra la terra di Fujian e l'isola di Formosa, dove convergono i venti dall'Asia e dall'oceano, si approssimava un tifone, il grande vento nato dall'unione di molti, che fa montare il mare e ritirare il cielo, che comprime e stringe insieme il mare e la terra per poi di nuovo separarli a forza, e tra brandelli d'aria e d'acqua distrugge tutto ciò che da questa soprannaturale alchimia viene toccato.

La *Mãe de Deus* poté ancora segnalare Nanwei come luogo di raccolta. Dopodiché le navi furono isolate da tratti di nuvole e nebbia, assalite da vortici di vento e onde in tempesta, che da ogni lato si abbattevano su di esse sotto una pioggia furibonda.

Farria, legato a un albero, gridava ordini, ma nessuno lo sentiva. Né lui vedeva nessuno, non udiva che sporadiche grida di aiuto, la sferzata di una vela lacerata allo spezzarsi di un pennone e il tonfo in mare di un cannone divelto. Sotto di lui nel buio pesto della cabina opprimente Dona Miles, l'unica donna tratta in salvo da Lian Po, era inginocchiata davanti a Nossa Senhora da Penha. A volte vi veniva sbattuta contro. Ciò non rendeva forse la preghiera più intima? Pregò un giorno e una notte. La vita aveva ceduto il posto alla preghiera.

Finché le bandiere si afflosciarono, dallo spiraglio della porta filtrò una luce e Farria la fece alzare. Si unirono in una breve preghiera e in un lungo abbraccio, come se l'amore dei salvi non potesse mai avere fine; la morte fu sostituita dall'estasi, o da un sole pallido, che splendeva su onde spumeggianti ma in calo, incorniciate da un oblò aperto.

III

La *Mãe de Deus* era ancorata nel golfo di Nanwei già da una settimana, in attesa dietro una piccola penisola. Finalmente la *Coimbra* doppiò il promontorio, con un solo albero ancora in piedi. La *Rafael* non arrivò più. Alcuni erano convinti che questa nave si fosse unita a Mendez.

I passeggeri del relitto – altro non era la *Coimbra* – chiesero di potersi imbarcare sulla grande *Mãe de Deus*. Ma Farria non voleva perdere altre navi, la *Coimbra* con il basso pescaggio era indispensabile nelle perlustrazioni della costa.

La spiaggia deserta prese l'aspetto di un cantiere navale in piena attività.

Lo stesso Farria, salendo sulla sommità nella speranza di vedere la *Rafael*, scoprì sul versante opposto un boschetto di bambù. Così si sarebbero procurati pennoni e cime.

Nanwei avrebbe dovuto fornire acqua e viveri. Ma era nell'interno, inaccessibile dietro un'ansa del fiume, per metà città e per metà flotta; case e capanne sulla riva, giunche così assiepate sul fiume da lasciare solo una striscia libera nel mezzo. Tra la terra e il quartiere sull'acqua c'era un alto palazzo grigio con statue d'oro e il tetto dalle punte arricciate che brillavano al sole, e variopinti stendardi attorcigliati alle travi della porta d'ingresso.

Lì una delegazione con pochi doni si sarebbe dovuta recare a chiedere aiuto e provviste.

Farria, consapevole di essere un ostaggio molto ambito, non si arrischiò. Andò Alvarez con tre uomini di Lian Po, cinesi battezzati, e un dono di stoffe e vino. Farria non aveva altro. In una lettera menzionò l'amicizia che legava le due monarchie, lontane solo perché il potere di entrambe era tanto esteso. Sottolineò i servizi offerti nello sterminio dei pirati ma tacque della battaglia e della caduta di Lian Po. Infine chiese aiuto.

Alvarez fece ritorno dopo quattro giorni, però senza risposta. Il mandarino aveva accolto con freddezza i doni, montò in collera quando vide una macchia su uno dei tappeti, lesse la lettera e la sua collera crebbe ancora di più, lodò il suo imperatore come Figlio del Cielo, umiliò il sovrano portoghese definendolo un insignificante vassallo, tributario del principe celeste, che era colui che dominava il mondo, per quanto lontano a occidente fosse situato il Portogallo. Ordinò agli uomini di lasciare la città e di allontanarsi dalla costa con le loro navi.

L'ammiraglio ascoltò in silenzio e ordinò di issare le vele. Ma non per abbandonare la costa. Di sera la *Mãe de Deus* e la *Coimbra* erano a un miglio in favore di corrente da Nanwei e alla luce della luna fecero fuoco sulla metà galleggiante della città. Ben presto si crearono grosse falle e di colpo la massa scura si spostò controcorrente. Con calma le due caravelle si piazzarono al posto di migliaia di giunche e lanciarono razzi incendiari sulla città. In diversi punti divamparono le fiamme e si diffusero velocemente tra botti e sibili – un tripudio di colori di profonda gioia: verde, rosso, viola alla rinfusa, attraversati da serpenti infuocati, girandole di soli, stelle cadenti, draghi sputafuoco e mostruosi fiori che sbocciavano di colpo.

I portoghesi, dapprima sgomenti, cessarono il bombardamento oramai superfluo e rimasero a osservare gli imponenti fuochi artificiali.

I comandanti in seconda ricordarono l'incoraggiamento di Farria alle loro obiezioni: "Questa non è una battaglia incerta. È una festa con una luminaria. Gli abitanti di Nanwei ci accoglieranno festosamente, perché è il primo di febbraio".

Farria, pensando a ogni cosa, aveva scelto di sfruttare per l'attacco la vigilia del capodanno cinese, che una volta incominciato andò avanti da solo.

Al mattino Nanwei era scomparsa.

Il palazzo grigio sulle mura esterne, completamente annerito, era circondato da un deserto di cenere nera. Lian Po ancora era riconoscibile, Nanwei era stata cancellata come una lavagna. Il palazzo del mandarino si ergeva fragile e solitario.

Poi lo sbarco: cento soldati e due colubrine che spararono a ripetizione su tetti e finestre, l'equipaggio della *Mãe de Deus* fece fuoco sulla porta della città. Da un lato Farria aspettava con una colonna d'assalto. Ma dopo una raffica di colpi la porta si spalancò.

Fuoriuscì un'orda di uomini armati che tra urla convulse si scagliò sul reparto da sbarco. Pochi raggiunsero il loro obiettivo, in una manciata di minuti la riva del fiume era disseminata di cadaveri colorati e teste con il codino. Poi calò il silenzio. All'interno del palazzo risuonò un potente gong. Farria sapeva cosa stava per accadere e indietreggiò leggermente.

La porta ora vomitava sempre più guerrieri e infine, in mezzo a una schiera di cavalieri, comparve il mandarino con una variopinta veste da guerra, su un carro da battaglia, brandendo un'enorme spada.

Farria ordinò nell'assalto di risparmiare il mandarino. E nel giro di venti Credo tutto finì. Di nuovo la terra era disseminata di cadaveri, in lontananza qua e là cavalieri in fuga e il mandarino sedeva nel suo carro, i cui cavalli erano stati abbattuti.

Farria si avvicinò e gli mise la punta della spada sul petto, ma incontrò la resistenza del metallo. Sorse in lui un sinistro sospetto, squarciò la veste con la lama e cozzò contro un antiquato tipo di corazza.

Farria la riconobbe. Lui stesso non aveva visto partire Perez, il primo messo per Pechino? Non se n'era più saputo nulla, se non che era stato ucciso nel tragitto.

Farria ordinò al cinese di togliersi la sudicia armatura. Il mandarino gli indicò il cerchio che si era formato intorno a loro e Farria, fingendo di aver capito male, fece cenno di avvicinarsi a quattro soldati, che tra l'esultanza generale fecero uscire l'altro dal guscio usurpato. L'alto governatore rimase tremante con il flaccido torso nudo, esposto allo scherno dei demoni stranieri. Farria lo spinse al fiume e gli ordinò di ripulire l'armatura dal suo tocco, di lavarla e spazzolarla. Poi chiamò a sé il boia, un grosso manciù, che con gli occhi sporgenti dall'esaltazione torturò e uccise la sua vittima eccellente secondo tutte le regole dell'arte. Dopodiché ebbe luogo una nuova cerimonia.

Farria a quel punto sollevò la corazza tornata lucente, a cui i raggi del sole conferirono nuova brillantezza. Giurò: "Fonderò una cattedrale nella mia città. Questa corazza sarà l'unica reliquia. Non verrà offuscata da ossa di santi. La cattedrale sarà anche una fortezza e difenderà la città da assedi e aggressioni. L'armatura penderà dalla volta della navata della chiesa".

Il boia aveva infatti terminato la sua opera e il cadavere del sovrano di Nanwei era appeso all'ingresso del suo palazzo.

IV

Molto più a sud, in un territorio deserto, sebbene a non più di due giorni di viaggio da Canton con i suoi milioni, si affaccia sul mare una piccola penisola disabitata. In un rilievo tondeggiante della lingua di terra spicca tra le rocce un santuario di legno grezzo, rosso con sporadiche dorature. Niente statue ornamentali e incensieri odorosi. In una nicchia c'è una statua di pietra su un mostro marino, che spalanca minaccioso le fauci sul volto pacifico della dea. Dal soffitto pendono piccole giunche e sampan di legno grezzo. Sulle scale davanti all'altare pesci disseccati.

È il santuario di A Mao, la signora dei tifoni, venerata soltanto dai pescatori e dai pirati.

Sulla punta estrema della penisola c'è anche una lapide. È l'unica cosa collocata qui dalla mano dell'uomo. Nessuno sa più quale tribù abbia dato alla dea il suo santuario e altare sacrificale. La lapide riporta perfino nome e anno di edificazione. È un *padrão*, un monumento commemorativo, come se ne trovano molti sulle coste dell'Africa e di Malabar per ricordare un primo sbarco, ma in Cina non ne esistono altri. E questa non è solo l'iscrizione di una scoperta, ma anche una lapide funeraria. C'è scritto: *Qui sbarcò Joaquim Ferreio con il Padre e il Tago. A.D. 1527.*

Egli aveva in mente un obiettivo assai modesto: far asciugare al sole il suo carico, bagnato dalle onde del mare.

Sull'asciutta distesa sabbiosa vennero sparse spezie e tessuti, accanto a un paio di tende in cui l'uomo si era piazzato con il suo equipaggio, mentre le navi venivano di nuovo attrezzate.

Un mattino orde di guerrieri cinesi circondarono le tende. E un messaggero venne a pretendere mille monete d'oro per la violazione del loro territorio, che non poteva essere calpestato da stranieri con occhi grandi e lunghi riccioli. Ferreio pagò e ripartì con il carico ancora mezzo bagnato e le navi approntate in gran fretta. Sapeva bene che se fosse rimasto, il giorno seguente un altro mandarino sarebbe venuto a esigere il doppio, azzerando così l'intero profitto del suo viaggio sciagurato.

In tutta fretta fece collocare un *padrão* a testimoniare la sua sosta su quella costa inospitale. Il *padrão* fu lasciato indenne dai cinesi, che temevano lo spirito che dimorava nella lapide.

Per dodici anni la rozza lapide rimase da sola su quel lembo di terra deserta.

Poi vi si arenò nuovamente una nave, senza altro carico se non una decina di gesuiti in missione verso Pechino. Anche loro avevano un'avaria da riparare, causata dalla dissenteria. Tre di loro morirono lì e vennero sepolti intorno al *padrão*, coperti da grossolane pietre tombali.

E da allora ci si tenne il più possibile alla larga da quel luogo.

Dunque già da tempi remoti c'era nel regno proibito un posto che apparteneva ai portoghesi, attraverso i propri morti – prima che Farria vi arrivasse a fondare la città che desiderava mantenere e fortificare: contro i cinesi per i portoghesi.

Sembrò che egli potesse raggiungere quest'obiettivo segreto, la città era in una posizione inespugnabile; sulla parte più stretta della lingua di terra bastavano un fortino e meno di trecento uomini per tenerne a bada migliaia. Di fianco era protetta da gruppi di isole e banchi di sabbia.

Farria costruì un paio di forti e di magazzini – le chiese vennero da sé.

Le navi andavano e venivano sempre più numerose: Macao era a metà strada tra la Malacca e il Giappone in una rada protetta. Mentre Lian Po era stata esposta dalla parte tempestosa dello stretto di Formosa. Ma Farria morì quando cominciava a sentirsi forte, e Macao – anche nei periodi di debolezza e degrado – fu quasi l'unica a restare "*a mais leal*", fedele al re, anche quando non c'era più nessun re e nessun Portogallo.

Né Pinto né Farria si presero la loro vendetta. E il modo in cui un altro, in seguito, compì la sua non viene considerato come vendetta ma come un gesto di approvazione.

Capitolo primo

I

Lisbona, agosto 15…

Dio sa che io l'ho evitata più che ho potuto. Ma il re non lo sa. E forse sarebbe stato meglio il contrario. Non sa nemmeno che è stata colpa sua, se è accaduto l'imperdonabile. Lei è destinata all'*infante*. E anche se io l'amavo, il mio sangue non si è opposto. L'*infante*, come tanti figli di sovrani, è un uomo con cui si può entrare in contatto, sì, avere una relazione intima, senza per questo subire il minimo cambiamento. È come se anch'essi, più che persone, fossero istituzioni statali. La donna che io chiamo Diana poteva sposarsi con lui, condividere il suo trono e il suo letto, dargli dei figli eppure continuare a essere Diana.

E io? Insieme avremmo vissuto momenti di profonda passione, lei sarebbe stata sballottata da un'emozione all'altra, nel giro di qualche anno avrei smesso di amarla, perché non sarebbe più stata la donna che ora chiamo e continuerò a chiamare Diana, non solo per non tradire il suo nome, ma perché non avrò più la necessità di descriverla a me stesso, né di torturarmi per scioglierla dal mio animo, in cui lei vive, avvinghiata alla mia esistenza nel più oscuro segreto, in un tentativo impotente di farla vivere nella mia parola, che può contenere mondi e mari, ma non l'essenza di lei.

Ora cercherò di figurarmi ancora una volta come sarebbe stata la sua vita. Nel rifugio della tenuta isolata sarebbe lentamente divenuta una donna intorpidita, privata di ogni attrattiva dalla maternità e dalla convivenza quotidiana; io invece, consumato dal desiderio di terre lontane che non potevo raggiungere, avrei covato per lei un muto risentimento.

Ma chi è in grado di domare il proprio desiderio con la ragione? Solo coloro nei quali esso è come un effimero vento primaverile. In me era intenso e incessante come l'aliseo. Ma io ho lottato.

Lo scontro fra privazione e desiderio rendeva incerta la mia voce, errante il mio sguardo, esitante il mio atteggiamento, quando la incontravo. Allora lei si volgeva altrove, infastidita e annoiata, e gli occhi dell'*infante* e del suo reale genitore brillavano di trionfo.

Quindi ritenni propizio il momento e andai dal re a chiedere di darmi una nave.

"In futuro, quando avrete acquisito l'atteggiamento da conquistatore che ora vi manca, forse potrò affidarvi l'incarico".

Già non temeva più la mia rivalità per il figlio. Con un inchino mi ritirai, dissimulando la mia rabbia per quella reale provocazione.

Ebbene, allora non avremmo riservato quell'atteggiamento al mare aperto, l'avremmo adottato già da subito. L'aveva voluto Sua Maestà.

Insomma, per conquistarla avrei dovuto combattere con un'arma che sapevo ben maneggiare, ma che preferivo non usare.

Diana era contagiata dalla moda, giunta a noi dall'Italia (il proverbio dice: "Il vento che arriva dalla Spagna non porta niente di buono", ma io avrei voluto aggiungere: "E quello che arriva dall'Italia non porta che cose cattive"), cioè scriveva poesie e voleva che altri ne componessero su di lei. Cos'è la poesia per un popolo che ha di meglio da fare che cimentarsi con un metro recalcitrante, che ammassato per secoli in un'angusta striscia di terra ha lottato contro la violenza dei mori, degli spagnoli e degli oceani, la cui lingua per un curioso scherzo della natura è peraltro già sufficientemente melodiosa? Tanto da essere addirittura chiamata la lingua dei fiori!

Che le donne, le quali non si dedicano ad altra attività se non alla tessitura, la alternino con un ricamo sul canovaccio della lingua – a imitazione di altre del loro sesso alle tante piccole corti italiane – è ancora accettabile. Ma che anche gli uomini si abbandonino a questa futile occupazione, mentre ancora ci sono tante terre da conquistare, da scoprire, e i mori ancora sono annidati sulla sponda opposta, è ben più grave.

Diana poi teneva una corte letteraria nel suo palazzo estivo di Santa Clara. Per essere ospite gradito bisognava recitare dei versi.

È vero, io non avevo mai aperto bocca (se non per sbadigliare o rispondere alle domande di lei) eppure i suoi grandi occhi verdi erano spesso posati su di me. Io la ammiravo da lontano – era bella, una vera principessa – e detestavo gli adulatori, con i loro insulsi versi, che la circondavano. Ora che volevo avvicinarla, dovevo partecipare a quella moda: feci appello a tutte le mie conoscenze di poesia, acquisite negli anni nella tenuta isolata di mio padre, dove leggere, scrivere e cacciare erano le uniche distrazioni, e composi un sonetto e un paio di *redondilhas.*

Con quelli, il giovedì pomeriggio seguente al rifiuto del re, mi recai a Santa Clara.

All'annuncio che anch'io avrei recitato dei versi seguì un certo scalpore. Con canzonatoria solerzia gli adulatori che le stavano intorno fecero spazio da entrambi i lati, ma Diana rimase seria, lo sguardo concentrato su di me. Finsi di rivolgermi soltanto a lei, nel silenzio non udii la mia voce. Dai suoi occhi compresi cosa succedeva: lei apprezzò il sonetto, ma rimase colpita dalla spavalda velocità e burrascosa sfrontatezza delle *redondilhas,* tanto vi era espresso efficacemente il mio sentimento per lei sola, celato a tutti gli altri. Gli astanti, loro malgrado, mormorarono con approvazione. Solo lei non disse niente, tuttavia un'ora dopo fece con me una passeggiata nel cortile di Santa Clara. Brillava uno spicchio di luna, ma la luce del giorno era ancora sospesa sotto le fronde dei vialetti. I suoi occhi erano luminosi, tenui come la luna, la sua vicinanza come il sole, il suo petto il più soffice e il più sublime.

Mai dopo il contatto con l'amata mi era capitato di sentire a quel modo la presenza del femminile. Non pensai più alla mitologia, anche se accennai a Endimione e Diana, né alla sua alta e alla mia bassa condizione nobiliare.

Eravamo come i primi esseri nel paradiso ritrovato, anche se procedevamo tranquilli e dignitosi uno a fianco all'altra, poiché dalla finestra – sapevamo – il mondo invidioso ci osservava; per un'ora fummo: Luís, Diana.

E in quell'ora...

No, la catena delle mie sciagure cominciò dopo quest'ora, ma non ne fu una conseguenza. Tutto era iniziato con la mia nascita. Poiché al di sopra della mia prima ora sulla terra le costellazioni più maligne si posizionarono in celeste congiuntura, e nessuna fata benevola venne ad attenuare il mio destino. Poi questo amore sopraggiunse a creare ulteriori difficoltà.

Le volte seguenti arrivai senza poesie – non andammo in cortile, restavamo vicini nello spazio antistante la finestra. Gli altri uomini e donne, finché eravamo insieme, ci evitavano spontaneamente.

Qualche settimana più tardi, appena mi avvicinavo a lei, l'*infante* impallidiva e a Diana brillavano gli occhi. Prima mi aveva forse disprezzato per i miei dubbi? Mal interpretato? Non so più cosa le dicevo, forse le parole erano poco importanti, ma il suono doveva essere quello giusto. La affascinavo ogni volta. L'*infante,* al contrario, si limitava a balbettare, arrossire e sorridere, per l'ilarità di noi due.

Così la mia conquista su quel territorio proibito raggiunse ciò che la mia buona volontà non era riuscita a ottenere. Se fossi stato un uomo cresciuto in quel mondo, invece di un ragazzotto venuto dalla campagna, l'avrei capito prima.

Un pomeriggio ero seduto alla finestra con Diana; l'*infante,* al centro della sala, parlava stizzito e distratto con il suo ciambellano. Una donna di corte avanti negli anni, in piedi sulla porta, provò ostinatamente e invano a catturare il suo sguardo. Venne disturbata in quel gioco quando la porta di colpo si aprì. Uno scudiero venne a prendermi, il re mi mandava a chiamare. Lo seguii.

"Ora possiamo soddisfare il vostro desiderio. La *Estrella* sta per salpare. A bordo ci sono dei soldati; voi siete troppo giovane per avere il comando di una nave da guerra, ma un drappello, con un capitano capace a darvi consiglio, potete ben guidarlo. Siete pronto?".

Finsi di riflettere, con il capo chino e un ginocchio a terra.

"Ebbene?", il monarca tradì il suo nervosismo.

Diedi la mia risposta solo quando la ebbi tutta pronta.

"Ringrazio Vostra Maestà per l'attenzione e il favore che mi concedete. Le virtù che qualche tempo fa ritenevate necessarie per il comando ancora non le possiedo. Inoltre, una questione importante mi trattiene".

Feci una breve pausa, di sottecchi dalla posizione china vidi montare sul volto del sovrano la collera suscitata dalla mia audacia.

"Se intendete dire che voi...". Non riuscì a proseguire.

"Si tratta di mio padre. Sente che il suo tempo è vicino e mi convoca per predisporre l'eredità. Devo dunque più che umilmente pregarvi di potermi allontanare dalla corte. Mio padre può morire presto: io sono il suo unico erede".

"Vostro padre può anche soffrire a lungo".

"Allora sono l'unico che egli desidera costantemente al suo capezzale".

Ero consapevole di mentire. Mio padre non aveva un attimo tranquillo quando ero da lui. Anche il re lo sapeva, ma ufficialmente padri e figli si amano. Continuai, poiché il re non proferiva parola:

"Prego dunque ancora una volta Vostra Maestà di poter lasciare la corte. Lunedì parte una nave che risalirà il Tago, con cui potrò fare gran parte del viaggio".

"Naturalmente siete libero di andare. Assicurate vostro padre del mio reale affetto. E poi?".

Fece un gesto che diceva all'incirca: "Quando vostro padre sarà morto e sepolto, e la vita in una tenuta impoverita vi sarà venuta a noia...?".

L'*infante* doveva temere davvero molto la mia concorrenza.

"...Allora vi chiedo il permesso di acquisire le virtù di cortigiano e comandante in vostra vicinanza".

"L'una cosa non la diventerete mai. L'altra già la possedete in forza della vostra nascita. Potete andare. Vi permetto ancora di partecipare alla caccia di domattina. Al vostro ritorno, sarà pronta un'altra nave. Tuttavia non so se allora vi sarà un reparto di soldati per voi. Ma potete contare su una raccomandazione per il viceré di Goa".

Ero dunque stato esiliato onorevolmente dal Portogallo, con una proroga per via della malattia di mio padre. L'udienza era terminata. Feci per baciare la mano del re, ma il suo volto divenne viola, non seppe dire altro che: "Andate... via!" e indicò convulsamente la porta.

Non riuscivo a venirne a capo. Era un trionfo o una sconfitta? Avevo ottenuto ciò che più desideravo: andare lontano, o avevo perso ciò che più amavo? In ogni caso ebbi prova di essere temuto. Che godimento era stuzzicare l'odiato, tracotante tiranno, aizzarlo, fin già a fargli scoppiare il sangue dalle vene qua e là nel cervello, distruggendo il tessuto, danneggiando ancor più il suo modesto intelletto!

Sebbene vi fossi nato, io non amavo il Portogallo. Il paese è monotono e malinconico, e così anche la vita. Non c'è prosperità o ricercatezza come in Italia e in Francia, la mia patria è inferiore in tutto, tranne che nella navigazione. Ma era comunque doloroso vedere come questo ottuso sovrano, dall'animo rozzo e il corpo deforme, la dissanguava e la trascinava verso il declino, con un potere assoluto, volgendo tutto a proprio vantaggio, l'agricoltura, l'industria, i commerci marittimi. Per avidità e ingordigia era eguagliato solo da prelati e pirati.

Alla sera mi fermai a bere con i paggi di guardia, dopodiché andai in camera mia. Mi sentivo il cuore leggero e pensai solo alla caccia. Sarebbe venuta anche Diana, le avrei fatto un cenno e lei, preceduta da un cervo in fuga, si sarebbe allontanata per raggiungermi nel luogo in cui la aspettavo. Dopodiché...

La luce filtrò da uno spiraglio della finestra, attraverso una bottiglia di vino, sul tavolo nero, sopra le mie mani che giacevano separate, come se loro soltanto sapessero quale corso avrebbe preso di lì questa vita. Il cambiamento era iniziato. Ben presto la lussuosa veste di corte sarebbe stata sostituita dalla goffa armatura. Queste mani sarebbero diventate diverse, avrei dovuto dimenticare, disimparare molte cose: come si fa innamorare una dama di corte solo con gli sguardi, come si mostra il proprio disprezzo a un rivale, lo si mette in ombra e con un'ultima parola ben assestata lo si fa scomparire per giorni dalla cerchia di corte. Dimenticare anche il Portogallo, il piccolo paese dove in tre giorni si raggiunge il confine. E dell'emisfero orientale che mi aspettava ancora non conoscevo che vaghi racconti e il penetrante odore delle spezie. Si sarebbe rivelato la meraviglia che credevo fosse? Ricordo ancora come avevo immaginato Lisbona, come una città di palazzi d'oro, assolate festività e notti argentate. Indubbiamente è una bella città, non meno di questo, ma di certo non di più.

Albeggiava e io m'incupii di nuovo. Al mattino un sorriso di Diana mi parve più desiderabile di un viaggio intorno al mondo. Ma era troppo tardi. Avevo intrapreso il gioco pericoloso di due grandi interessi vitali, scommettendo alla cieca, con mossa azzardata, e troppo tardi mi resi conto che perdevo ciò per cui avrei dovuto combattere disperatamente e vincevo ciò che meno mi stava a cuore. Di colpo tutti i miei pensieri tornarono alla caccia. Come un cervo l'avrei inseguita, finché lei non poteva più scappare, finché non avesse implorato pietà. Sapevo già dove sarebbe successo: alla fonte presso la quale si abbeverano gli animali spezzando le canne e dove gli uomini non si avventurano, per timore degli spiriti dell'acqua che alzano le braccia avvolte nella nebbia e trascinano in profondità gli intrusi finché non muoiono annegati. E io le sarei stato vicino quando avesse temuto il peggio.

II

Ma quando Camões vide Diana in sella nel corteo di caccia, così inaccessibile, d'un tratto capì che non era lei la selvaggina che poteva cacciare, ma che a fuggire sarebbe stato lui, anche se scappava all'altro capo del mondo. Cautamente le si avvicinò con il cavallo e le chiese di allontanarsi dalla compagnia e andare alla fonte delle fate e dei fantasmi. Lei acconsentì. A lungo l'uomo rimase ad aspettare su un tronco caduto, per metà immerso nel laghetto, raccogliendo acqua con il cappello. Finalmente il rumore di rami spezzati, un cervo scappò dal bosco e poco dopo Diana condusse il cavallo nel punto in cui egli era seduto. Gli mise un piede sulle mani intrecciate e scese giù da lui.

La sera tornò alla caccia da sola, non raccontò di una distorsione alla caviglia o di un sentiero ingannevole, e nessuno fece domande. Mai alluse in una lettera a quel giorno, mai quel giorno divenne una pagina di cronache, come molti altri giorni in cui avvenne qualcosa di meno importante, l'incendio di una città o una vittoria in battaglia. Nessun confessore in seguito tradì l'accaduto nelle sue memorie. Le mura del convento, in cui lei rinchiuse il corpo abbandonato da Camões e negato all'*infante*, non possiedono l'eco che solo secoli dopo restituisce le parole sussurrate alle loro pietre.

Dopo di ciò Camões abbandonò la lirica amorosa, costringendosi alla metrica severa della cruda poesia che trasformava le razzie in gesta eroiche, e solo nell'estrema miseria – seduto su una roccia benedetta nel Mar Rosso – si lamentò di aver perso, di essersi intenzionalmente allontanato dalla felicità. Forse i *Lusiadi* sono stati composti solo perché qua e là tra le innumerevoli strofe affiorasse una parola, come tra le onde lunghe dell'oceano poche assi di legno con cui un naufrago si costruisce una casa su una costa lontana. Ma nessuno ha mai messo insieme quelle parole, i *Lusiadi* sono continuati a esistere al pari del convento: come un residuo di fama e, dietro le fessure, attraverso crepe e interstizi, nessuno può vedere la dolce e dolorosa esistenza un tempo rinchiusa al suo interno.

III

Paziente come un morto sedevo sul ponte della barca che mi avrebbe fatto risalire il fiume. Era una giornata uggiosa. I tanti colori di Lisbona erano offuscati da una nebbia che assai raramente avvolge la foce del Tago. L'attesa era lunga. Ogni volta salivano dalla passerella un altro paio di persone o di barili. Ma d'un tratto iniziò a spumeggiare una larga scia d'acqua tra il fiume e la riva. Vidi allontanarsi un cavaliere, lo conoscevo di vista: un messaggero, incaricato di dare notizia della mia partenza senza impedimenti. Ma chi mi avrebbe impedito di tuffarmi in acqua e con poche bracciate raggiungere di nuovo la riva? Non lo feci, sebbene fosse facile. E allora ignoravo che in seguito avrei comunque fatto quel tuffo per nuotare una distanza di mille volte maggiore, non più per salvare la mia anima, bensì il mio corpo, e un pezzo di carta.

Quando rialzai lo sguardo, la città era un'immagine distante, solo la torre di Belém spiccava davanti e sopra le case. Di nuovo mi appisolai: i giorni seguenti alla caccia erano una costa di basalto lungo la quale nuotavo, che volevo aggirare per scoprire dove la mia vita si fosse spezzata. Ma non riuscivo a raggiungere il punto di rottura.

Sopra la mia testa venivano issate le vele. Sentivo il ferro strusciare lungo il legno, gli scricchiolii delle cime, lo sventolio delle vele. E poi:

"Sei schiacciato dal peso del tuo dolore, figliolo? Venite a me, voi tutti, che siete affaticati e oppressi. È stato detto per tutti, dunque anche per te. Dio mi ha mandato, alleggerisci l'animo da quel peso".

Rimasi seduto e provai a indovinare il volto dalla voce. Era untuosa e rotonda, con un'intonazione strascinata. Mi aspettavo rughe, naso rosso e occhi lacrimosi, e il mio risentimento non diminuì quando vidi che mi ero sbagliato. Era un giovane domenicano con un viso da ragazzo, arrossato, e occhietti miopi dietro gli occhiali: uno di quei pecoroni che attirati dalla certezza di una veste nera all'anno e cibo buono tre volte al giorno riempiono i seminari, dove – oltre ai pasti – ruminano dogmi, sempre pronti poi a risputarli su chiunque si trovi a portata di mano e appaia inferiore nella fede.

Restai immobile. Scambiandola per umiltà, quello proseguì, alzando il tono di voce:

"Dio mi ha mandato!". E avvicinandosi a me: "Desisti dal tuo errore prima che sia troppo tardi!".

Mi arrivò al naso un puzzo di sudore, al che mi alzai e risposi:

"Non a caso per frequentare la nobiltà è stato fondato un ordine i cui membri sono forse puri di spirito, ma certamente puri nel corpo e hanno le mani curate. Lei vi appartiene? Da quanto tempo non fa un bagno?".

Ciò sembrò essere sufficiente. Si ritrasse, borbottò qualcosa sul Maligno e sul corpo che andava trascurato, si fece più volte la croce. Nel pomeriggio lo trovai tutto preso a conversare con un paio di mercanti; per il resto della giornata lo vidi fare avanti e indietro, ora con questo, ora con quello. Ero convinto che mi mettesse contro tutti gli altri passeggeri, ma la cosa mi lasciò indifferente, avevo una cabina tutta per me, anche se la sera dormii su una barca sul ponte di poppa. Non prestai attenzione agli altri viaggiatori, però non mi sfuggì che molti di nascosto mi lanciavano occhiate velenose. Di notte vidi passare le stelle, di giorno le rive deserte. Anche la seconda notte mi sistemai nel mio posto preferito, nella barca appesa sotto il cassero di poppa. Mi svegliarono dei passi che facevano su e giù e una conversazione, alternata a lunghi silenzi. Con mio stupore, udii la voce dominante nella discussione citare più volte il nome del re in tono amareggiato, assecondato da un borbottio complice dell'interlocutore.

"...Tenere per sé tutti i tributi, sfruttare le colonie, dilapidare ogni cosa per guerre e bagordi, far morire i suoi sudditi su una terra impoverita; non offre alcuna opportunità a chi ha spirito d'iniziativa. Ho proposto di lasciare allo Stato un terzo del profitto, ma non mi è stato concesso di armare una nave; perché mai avrebbe dovuto accontentarsi di un terzo? A quel punto argomentai che in quelle terre lontane potevano navigare venti volte più navi di quante fosse in grado di armarne lo Stato, che si potevano licenziare molti funzionari disonesti e così avrebbe potuto contrastare meglio gli attacchi di inglesi e spagnoli che già si facevano più audaci, poiché un mercante libero non è un debole da proteggere, bensì un forte alleato. È questa la causa che ho perorato, ma lui aveva le orecchie sotto la corona e il buonsenso nel globo crucigero".

Un altro borbottio di approvazione. La conversazione mi era estremamente gradita. Uscii dalla barca e mi ritrovai sul ponte. I due mercanti colti sul fatto videro in me un cortigiano che li avrebbe denunciati presso il re. Colui che aveva taciuto azzardò un flebile tentativo di salvare l'altro:

"Perdonatelo, signore. In realtà è un bravo cittadino, ma ha subito gravi perdite e stasera ha bevuto troppo".

Io rimasi in silenzio.

"Perdonatelo. Se per caso avete debiti con gli ebrei…".

Io scrollai il capo.

"Se avete intenzione di farne, li salderemo noi".

Volevo usare cautela con il potere che così inaspettatamente avevo ottenuto su queste due persone, il potere che per un attimo avevo avuto sul re lo avevo sprecato troppo in fretta; mi stupii di sentire in questa occasione che il vecchio sovrano – che alla corte era condizionato dall'alcol, dal suo confessore e dai suoi figli – potesse chiudere i mari e proibire ai mercanti di armare le navi; mi stupii anche che due uomini esperti nei commerci si facessero tanto condizionare dalla paura e non negassero semplicemente ciò di cui io, da solo, avrei potuto accusarli. Da giovane non conoscevo il potere della nobiltà, e quando in seguito lo conobbi, ero un nobile decaduto. Così decisi di mandare via l'uno e interrogare l'altro.

"Mandatelo a riposare e a smaltire la sbornia, domani sbrigherò il resto della faccenda con lui".

Il colpevole fece per dire qualcosa, ma il compare gli diede una gomitata e quello andò via, dimenticandosi di barcollare. Poi domandai all'altro:

"Perché non potete salpare? La foce del Tago non è mica sbarrata da catene?".

"Non abbiamo l'equipaggio, signore".

"Eppure ho sentito di frequente il re lamentarsi della grande diserzione nell'esercito e nella marina".

Il mercante continuò a dare risposte evasive, ma quando gli promisi che non lo avrei denunciato personalmente, mi raccontò che il commercio nei possedimenti d'oltremare, le navi, tutto, era di proprietà del re, che erano i suoi consiglieri a stabilire i prezzi, che tutte le navi venivano perquisite in caso i passeggeri praticassero commerci in proprio. Ai cittadini veniva resa impossibile qualunque iniziativa. In Portogallo un mercante era quasi equiparato a un moro o a un ebreo. Stetti ad ascoltarlo con grande soddisfazione. Lo spirito di rivolta sarebbe cresciuto, raccogliendosi sotto al trono come un gas esplosivo che lo avrebbe scagliato in aria e poi fracassato al suolo.

"Qualora voi o vostro padre abbiate influenza", concluse il mercante, "rivolgetela al bene dei commerci e dunque della patria".

Risi in cuor mio. Così parlavano tutti, i preti della loro Chiesa, gli ufficiali dell'esercito e i mercanti dei loro commerci: come della cosa più sacra al mondo. Lo ringraziai per le sue informazioni.

"Il vostro amico non verrà danneggiato. Quale penitenza desidero solo che domani faccia cadere quel prete e gli rovesci addosso un bugliolo d'acqua".

Il mercante mi guardò allibito e tornò di nuovo sulla storia di miei eventuali debiti.

"Al contrario: quel frate sudaticcio ha un debito con me e voglio che venga appianato a quel modo. Un po' d'acqua fresca non gli farà male, visto che ne fa scarso uso".

Il mattino seguente i passeggeri si godettero uno spettacolo del tutto inaspettato. Un affabile mercante si avvicinò a un ignaro prete intento a recitare il breviario, afferrò un secchio e glielo rovesciò in testa. La tonaca gli rimase appiccicata addosso, fu esposto così allo scherno generale.

E di pomeriggio la nave raggiunse Abrantes, da lì al castello era un altro viaggio di sei ore. Me n'ero andato due anni fa.

Era quasi notte quando entrai nel parco, gli alberi con le loro ombre erano una massa scura, nel laghetto dormivano i cigni. Tutt'intorno immobili sagome bianche: gli dei e le dee ai quali in passato avevo lanciato pietre – li odiavo poiché raffiguravano virtù e comandamenti. Dalla prima giovinezza mi ero ribellato alla civiltà che mi si voleva inculcare e che minacciava di penetrarmi da ogni lato. Avevo il presentimento che essa mi avrebbe reso pessimista e angustiato, legandomi ai luoghi in cui fiorisce, scarsamente disseminati su questa terra. Il mio destino, di vagare leggero e spensierato per il mondo, si sarebbe per amarezza trasformato in nostalgia – dopo l'amore la forza che più temevo. Su di me il cristianesimo non aveva mai avuto presa: ben presto appresi quali crudeltà i saraceni avessero dovuto subire da questi 'docili' credenti; così fino ai sedici anni fui un giovane che non voleva recarsi in chiesa, che rideva in faccia al suo confessore, lanciava sassi ai chierichetti e strappava i fiori dal parco. Di notte mi calavo spesso dalla finestra, vagavo per i boschi e strangolavo con le mie mani molti animali colti di sorpresa.

Un giorno d'autunno pioveva a dirotto, non riuscivo a stare in casa e andai a ripararmi sotto un pergolato ai margini del parco. Lì vidi un libro. Mi fermai per tutta la giornata di pioggia, ma senza interessarmene. Infine lo aprii, con un sorriso beffardo. Il poema mi trasportò con sé e, stupito, provai un senso di beatitudine che poi il buio cancellò. Avevo scoperto un punto vulnerabile – che tenni nascosto e da cui speravo di guarire – ma continuai a leggere e finalmente scrissi, in gran segreto, di notte; di giorno non mi permettevo di farlo. Per quadri e sculture conservai l'odio di sempre, mio padre era estremamente rattristato del mio barbaro atteggiamento.

Un pomeriggio, quand'ero di nuovo sotto al pergolato a leggere l'*Odissea*, sentii sulla testa la sua mano; lo guardai in faccia, aveva un'espressione felice.

"Lo leggo perché racconta di terre straniere, non per altro".

Ma il suo volto mantenne la stessa espressione. Estrasse un paio di fogli dalla tasca e riconobbi la mia calligrafia. Furibondo lo spinsi indietro, scattai in piedi e corsi via. Per tutto il giorno rimasi come un gatto selvatico nel bosco, giurando che non avrei mai più scritto. Una settimana dopo, invece, ricominciai. Feci un tentativo di consolarmi: uno scultore e un pittore non possono viaggiare liberamente, devono sgobbare in una bottega, ma io – malgrado la mia debolezza – potevo girare lo stesso, un foglio di carta, se necessario un pezzo di corteccia, si trovava ovunque, se uno non può fare a meno di scrivere. Tuttavia sapevo che si trattava di sofismi, che chi è affetto da questa malattia anela sempre ai luoghi che sono patria dell'anima: Parigi, Roma, Ravenna. Senza questo male avrei trovato la mia patria ovunque, sia in mare sia nel deserto, ora invece sarei stato ovunque in esilio, specie nel mio stesso paese.

Mi tornò in mente questa parte di giovinezza mentre attraversavo il parco, lungo le statue immobili che ora stavano indisturbate sui loro prati e sotto le loro fronde.

IV

Il padre era in poltrona nella sala d'ingresso. Si alzò dando chiaramente a vedere che gli costava fatica, strinse a sé il figlio, lo tenne poi a un braccio di distanza e ne lodò l'aspetto in termini ricercati, ma non ricevette che una risposta stizzita.

Per entrambi era apparecchiato nella spaziosa sala da pranzo dal soffitto alto. Judith non c'era. Alla domanda di Luís, il padre rispose che era dai genitori.

"Per caso è in arrivo un altro bastardo?".

L'uomo annuì, senza alzare lo sguardo. Mangiarono. Ogni tanto il padre faceva domande sulla vita di corte, su un conoscente, sul re, e poi, esitante, s'informò sui progressi del suo poema. Questo diede a Luís motivo di scattare all'indietro con la sedia e sciorinare una serie di improperi all'indirizzo del demone che ancora lo tormentava e che lo avrebbe reso del tutto inadatto all'azione.

"Perché mai fin da bambino ho dovuto vedermi intorno delle statue, graziose e immobili, come se fosse quello l'atteggiamento da tenere nei confronti della vita? Perché tanti dipinti alle pareti, così da darmi l'impressione che fossero finestre affacciate su un mondo in cui tutto era bello e armonioso e vicino, e che non c'era bisogno di viaggiare lungo strade piene di pericoli? Se solo mi avessi educato nel bosco, con un'ascia e un coltello da caccia come giocattoli, e la selvaggina in fuga come bersaglio, almeno sarei diventato risoluto e rapido nelle decisioni! Invece mi sono limitato a fantasticare, le mie azioni come colpi sparati a casaccio su una realtà sfocata".

Luís bevve un sorso, il vecchio Camões lo guardò con muto sconforto.

"Io non ti ho mai spinto a comporre poesie. Però sono stato felice quando le ho trovate".

"Ma tu mi hai teso un tranello lasciando l'*Odissea* nel pergolato! Io sapevo che Omero era il cieco con il bastone appeso nella sala d'ingresso, sapevo che descriveva viaggi lontani, per questo volevo leggerla, dopodiché mi sono ritrovato lontano e ho voluto provare a fare lo stesso, perché all'epoca ancora non potevo viaggiare".

"Vorresti viaggiare in Italia e in Grecia?".

"No, quello mai! Altrimenti sarei assuefatto per sempre".

"Perché vuoi andartene? Abbiamo un grande castello ed estesi possedimenti. E anche le montagne non sono lontane. Perché non rimani qui e non procedi con le tue poesie? Credi forse che le vittorie che si trasformano in sconfitte, le imprese commerciali che prima portano guadagni e poi perdite, siano più onorevoli? E tutti i viaggi non fanno che mostrarti che la terra è uguale ovunque. Prova piuttosto a eguagliare Omero. Il Portogallo sarà dimenticato ma il nostro nome continuerà a vivere".

"Cosa me ne faccio di quello che accadrà in futuro con il mio nome? Io vivo adesso e voglio il mondo! E poi non ho più scelta, tra un mese devo imbarcarmi. Sono stato esiliato".

"Esiliato!", gridò il vecchio. "Ora che mi resta soltanto un anno da vivere? Non andare! Nasconditi qui!".

"Tra sei mesi sarò a Goa. Visto che non posso avere la donna che desidero, voglio dimenticare ogni cosa, la mia patria, le mie origini, ma soprattutto l'antichità, i poemi e quella donna".

"Chi è? Parla! L'avrai, dovessi andarci di persona".

"Puoi darmi colei che a breve sarà la regina del Portogallo? Il re non sopravvivrà al prossimo colpo apoplettico; l'*infante* si sposerà presto, poiché teme un rapimento".

Il padre sprofondò di nuovo sulla sedia, Luís uscì nel giardino.

Si trattene ancora per qualche giorno. Non parlarono più molto, il padre soffriva, ma smise di lamentarsi. Al momento dell'addio mise al collo del figlio una reliquia e gli infilò un libro nella bisaccia. Luís tornò a Lisbona con una piccola chiatta, l'aveva scelta per essere l'unico passeggero e non dover più dividere il ponte con preti e mercanti. Quando l'imbarcazione percorse l'ansa, gettò la reliquia nel fiume. Il libro lo sfogliò ancora un poco. Era la prima tentazione della sua giovinezza, ebbe un'esitazione, ma alla fine lasciò che la corrente portasse via anche quel ricordo.

Capitolo secondo

I

Macao, anno 15…

Era il mese più caldo dell'anno. La città era immobile sotto il cielo tremolante, nel cortile gli uccelli sonnecchiavano fra gli arbusti, i pesci rossi galleggiavano morti nello stagno e le foglie cadevano accartocciate, come fosse un inizio d'autunno ancora caldo. Le cicale facevano un tale baccano che pareva le stessero arrostendo vive. Nello studio del *procurador* le larghe pale che pendevano dal soffitto venivano mosse sempre più velocemente, senza che generassero una corrente d'aria rinfrescante.

Il *procurador* era seduto al tavolo con la testa tra le mani. Il suo farsetto era appeso alla sedia; si asciugava in continuazione la fronte imperlata, scoperta dalla calvizie. Non lavorava, aspettava con eccessiva trepidazione il messaggio dalla torre di vedetta, ovvero che la flotta di Malacca già in ritardo di un mese – che doveva portar loro le armi, le provviste e l'olio lampante necessari – fosse finalmente in arrivo.

Per colmo d'irritazione era stato deciso che, nella seduta successiva, avrebbe dovuto nominare senatore il suo vecchio nemico Pedro Velho, il mercante che controllava il traffico con il Giappone. Erano avversari in tutto. Campos voleva sempre difendersi dai cinesi con le armi, Velho voleva combattere usando astuzie e corruzione. Velho voleva l'indipendenza da Malacca, che controllava eccessivamente il suo commercio con il Giappone. Se gli veniva ricordato il motto di Macao, *Não Há Outra Mais Leal*, rispondeva che se Macao fosse stata direttamente sotto la corona, sarebbe stata ancora più leale. Non faceva che ripetere che Malacca conosceva meglio i suoi diritti che i suoi doveri verso Macao. Dunque il tardato arrivo della flotta gli procurava sempre compiacimento. Campos in realtà sperava che le navi fossero rallentate da tempeste o avessero subito attacchi, e non fossero partite in ritardo da Malacca, così almeno poteva chiudere a Velho la sua bocca ribelle.

Si udì bussare forte. Di nuovo speranzoso, invitò a entrare, ma vide subito che si trattava della lagnanza settimanale del mandarino di Xiangshan. Il custode gli consegnò il rotolo di pergamena.

"Di nuovo l'occhio dei barbari, per volere dell'Imperatore vicemandarino di Hao-King, non è riuscito a evitare che due onesti mercanti di Xiangshan venissero maltrattati e messi in prigionia? Noi esigiamo la loro liberazione e un risarcimento di mille tael".

Così diceva la pergamena in fiorite formulazioni. Campos mandò a chiamare il tesoriere. "Pagatelo!", ordinò. Solo sospirò al pensiero che queste umiliazioni e i denari estorti minavano il diritto e svuotavano l'erario.

Semedo, il più anziano funzionario subalterno di Macao, venne annunciato. Campos infilò il farsetto e lo fece entrare, lamentandosi della flotta e dell'estorsione. Semedo indicò fuori dalla finestra, la Ilha Verde, che s'intravedeva fra i filari d'alberi della Praia.

"La soluzione è lì. Se ben coltivata, può portare frutti, verdure, vino locale, olio, tutto quanto, così non avremo più bisogno dei traffichini cinesi".

"Non ricominciate con quella vecchia storia!", esclamò Campos stizzito. "Non posso insegnare ai soldati a coltivare cavoli! E quale contadino portoghese si fa attirare dalla madrepatria per venire a lavorare su un'isola cinese? Se non riuscite ad abbandonare questa idea, stilate una memoria e presentatela ufficialmente, così almeno avrò un paio d'anni di tregua. E adesso non fate più entrare nessuno, solo il messaggero di Guia, semmai dovesse arrivare".

Come Semedo richiuse la porta alle sue spalle, si tolse di nuovo il pesante farsetto e si versò del vino da una grande brocca di terracotta che aveva mantenuto una certa freschezza. Sospirò per quel piccolo piacere in un mare di afflizioni. Ma di nuovo la porta si aprì. "Il messo. Finalmente!". Si voltò. Al centro della stanza c'era un monaco alto e magro, col braccio teso verso di lui.

"Chi vi ha fatto entrare?".

"Io vado e vengo, come piace a Dio. E a nome di Dio vi chiedo: quando farete finalmente costruire la chiesa che possa accogliere i nostri fedeli? Quando il seminario che produrrà i nostri missionari?".

Campos era furioso per essere stato sorpreso dalla tonaca marrone senza farsetto.

"Mai!", rispose. "Qui abbiamo chiese a sufficienza. Ce n'è una in ogni strada. È un continuo di processioni. Niente più chiese, canti, processioni. I cinesi ridono dei salmi".

"Tenete a mente le ultime parole di san Saverio: non con le armi, ma con la parola verrà conquistata la Cina".

"La parola non la capiscono".

"Per favore, dateci una chiesa. I gesuiti ne hanno dodici e noi domenicani, che abbiamo un seguito maggiore, soltanto due".

"Quante volte vi ho detto che qui non voglio domenicani? Mi bastano i gesuiti. Ma combattete pure tra di voi, rivaleggiate, seminate zizzania, meglio così! Almeno perdete prestigio e vi eliminate da soli. Niente chiese, monasteri, cappelle, niente di niente – però vi concedo Ilha Verde, non per riempirla di chiese, ma per coltivarla. I domenicani non eccellono forse sempre nell'agricoltura? Fornite alla colonia grano e verdure, dopodiché porterete il cibo spirituale".

"Ma, Vostra Grazia, comprenderete che noi già dobbiamo rivolgere tutte le nostre forze ad arare l'animo indurito dei cinesi".

Ma la pazienza di Campos era esaurita. Si alzò per spingere fuori dalla porta il fastidioso domenicano, e proprio allora quella si spalancò ed entrò il capitano Ronquilho, che scoppiò in una risata quando vide uno di fronte all'altro il *procurador* a braccia nude e Belchior con le ampie e lunghe maniche imploranti.

"Dategli la sua chiesa, eccellenza! Tanto non la smetterà. Verrà pure a farvi serenate con il coro per supplicarvi di costruirla. E questo ci infastidirà ancora di più".

Belchior guardò il soldato e il governatore con occhi fiammeggianti, poi si affrettò a uscire, voltandosi un'ultima volta sulla soglia.

"Io vi scomunicherò se non v'inchinate al volere di Dio!".

"Ma quale scomunica! Il papa ha dato questo diritto solo ai gesuiti e qui il potere più alto siamo noi. Siete dei piantagrane, dei fanatici, voi e tutto il vostro ordine! Sarò io a scomunicare voi! Nel giro di un mese dovete lasciare la colonia. Spostatevi in qualche altra parte della Cina. Andate via! Andate via!".

Il domenicano si dileguò, lasciandolo lì ad ansimare e imprecare. Ronquilho lo squadrò con benevolo scherno, incrociò le braccia sul petto gallonato, lanciò un'occhiata nello specchio sulla parete più lontana, che gli rimandò l'immagine di un ufficiale robusto, ben vestito, fatto apposta per conquistare ugualmente fortezze e donne. Si stiracchiò, come amava fare, per sentire i muscoli in tensione. Il volto aveva un'espressione arcigna, tuttavia era benevolo e cordiale se otteneva ciò che voleva, e lo otteneva sempre, cosa che lo riempiva di un autocompiacimento di natura più spirituale. Come fosse quando non otteneva ciò che voleva, non lo aveva mai sperimentato.

Ora sentiva di dover sollevare il *procurador* immusonito, si avvicinò e gli mise una mano sulla spalla.

"Non vi arrabbiate per quei papisti. Lo sapete, no? L'unica arma che hanno è fare i duri a parole. Date a ciascuno dieci escudos per i loro poveri, che sono obbligati ad accettare. Allo stesso tempo dovranno mostrarsi offesi per l'esiguità della donazione e andarsene".

"Non è solo quel domenicano. L'irritazione per lui ancora riuscirei a mandarla giù. No, c'è dell'altro".

Serrò i pugni e pensò nuovamente a Pedro Velho, il suo nemico, che gli toccava insediare al Senato, alle continue estorsioni dei cinesi, alla flotta che era in ritardo, alla figlia che non gli ubbidiva più e poi di nuovo all'uomo che aveva di fronte. Gli indicò una sedia e domandò:

"Hai visto Pilar stamattina?".

A quel puntò si corrugò anche la fronte liscia del *capitão.*

"Sì, l'ho vista. Stamane sono andato a presentare i miei omaggi, sperando in un'occhiata benevola, in una sola parola che mi desse animo. Ma l'ho trovata inginocchiata davanti a Nossa Senhora da Penha, non ha nemmeno alzato lo sguardo. 'Posso tornare tra cento Credo, Pilar?', le ho chiesto. 'No', ha risposto con voce roca e frettolosa, 'devo ancora cambiarmi'. Non ha detto altro; mi è parsa così strana e pallida, con un rossore intenso e gli occhi lucidi come se avesse vegliato tutta la notte in preghiera. Sono andato via e ho dovuto bere tre bicchieri di moscato, per scacciare il triste pensiero che non riuscirò mai ad avvicinarla".

Ora toccò a Campos consolarlo.

"Abbiate pazienza! È ancora giovane, cosa sono diciassette anni? Non sbarazzatevi ancora della vostra concubina, ma vi giuro che prima del suo diciannovesimo anno di età sarà vostra".

Così i due cercarono di tranquillizzarsi, il padre e lo spasimante della nobildonna, che entrambi immaginavano in una silenziosa stanza femminile, quasi senza pensieri, seppur in preghiera, ma che viveva in un mondo a cui loro non avevano accesso.

II

Andarono insieme verso casa, il *procurador* nel suo palanchino, il *capitão* al suo fianco, su un destriero birmano piccolo ma nobile e di struttura robusta. Ovunque gli abitanti di Macao si fermavano a riverirli. Ma nella nuova rua Central toccò a loro fermarsi e inchinarsi. Dalla porta aperta della cattedrale, cento metri più in alto sulla piazza, usciva la retroguardia di una processione, la cui testa sbarrava proprio la strada davanti a loro. Imprecando fra i denti, si disposero lungo il muro; ma subito si aprì una porta, un vecchio li invitò a entrare. Smontarono a terra e dalla penombra del fresco patio videro passare il corteo, entrambi indignati di dover aspettare e in preda a un presentimento, felici di non essere visti, di poter tenere il cappello e godersi una bevanda fresca che il vecchio si affrettò a far servire.

Nella via infuocata dal sole, attraversata solo dalle ombre corte e strette degli alberi, avanzava la processione. Davanti c'erano i cinesi convertiti, con le loro vesti azzurre e i ceri in mano, poi seguivano i cristiani più anziani: i negri, con le tonache candide, da cui spuntavano in modo bizzarro le teste nere e i bianchi occhi sporgenti rivolti all'insù. Costoro, già al culmine dell'estasi, camminavano convulsamente battendo i bastoni sul pavimento irregolare. Poi piccole ragazzine giapponesi con agnelli lanosi e tra loro proverbi ricamati rozzamente. Dopo uno spazio vuoto, tra i suoi monaci marroni, sotto un alto baldacchino, Belchior, con l'ostia sollevata nel cofanetto d'oro. Le campane rintoccano, forti e costanti. Da dietro l'angolo compare Gesù, con una tonaca corta, trascinando la croce, a piedi nudi, il capo insanguinato. Le campane tacciono. Tutti si inginocchiano nel silenzio improvviso. Poi si ode una tenue litania. Dalla porta aperta di una chiesa scende in strada la Veronica con una veste rossa, il collo nudo, si avvicina a Gesù, gli prende la corona di spine e se la preme sulla testa, si strappa via il velo e tampona il sudore e il sangue dal volto sofferente. Un grido a due voci risuona da dentro una casa: "Pilar! Vieni qui!" – ma nessuno lo sente. Tutti sono assorti in preghiera, tutti gli occhi sono rivolti alla figura abbattuta che trascina la croce sul duro selciato e sulla giovane ragazza che gli porta l'ultima consolazione. Passano oltre, di nuovo segue un corteo di monaci, quattro angeli con le trombe chiudono la processione.

Campos e Ronquilho ignoravano chi dei due avesse trattenuto l'altro dal precipitarsi a strappare Dona Pilar dal potere dei monaci e trascinarla in casa. Una gelosia, più travolgente di quella amorosa, li portò ad afferrarsi la gola e poi ad aggrapparsi alle sbarre della finestra in cerca di sostegno. Una collera per l'estasi divina a cui loro non avevano parte, e che gli occhi della Veronica avevano irradiato in modo così prorompente, li paralizzò. Solo una volta passato il corteo, tornarono in sé. Il padre reagì alla sofferenza dello spasimante che desiderava come figlio.

"Stasera ho la seduta del Senato. Andate da lei, fatela vostra, rapitela, fate quello che volete. Quei monaci...". Non riuscì a proseguire.

Ronquilho gli strinse la mano in silenzio, per la prima volta preoccupato al pensiero dell'assalto notturno, in cui non doveva affrontare pericoli del genere a cui era avvezzo. La voce del vecchio ospite provvidenziale li fece sussultare. Era uno dei primi liberi pensatori di Macao, uno dei pochi galiziani che avevano lasciato il paese. Ringraziò per l'onore riservato alla sua casa, si rammaricò dell'occasione e si mise a disposizione anche per un futuro. Il *procurador* lo ringraziò educatamente per l'assistenza quando l'autorità temporale era costretta a cedere il passo a quella ecclesiastica e si disse dispiaciuto di non potersi trattenere oltre. Il palanchino e il cavallo furono portati all'ingresso. Proseguirono il cammino, entrambi oppressi dalla stessa preoccupazione, e Campos – invidiando Ronquilho – da molte altre ancora. Certo, il loro compito era differente. Mentre Ronquilho era in procinto di rapire una donna amata, che ancora lo odiava ma che comunque avrebbe posseduto, a lui invece toccava conferire a un nemico mortale una carica che avrebbe dato a costui maggior potere per realizzare i suoi piani.

III

Quel pomeriggio la popolazione di Macao affollava le strade. Si vedevano portoghesi, malesi, donne giapponesi, schiavi negri, servitori cinesi, soldati e anche molti monaci. Tutti si fecero rispettosamente da parte davanti alla portantina, togliendo il cappello, inchinandosi o inginocchiandosi per la via, ognuno secondo il proprio costume. Il *procurador* quasi non li vedeva, Ronquilho prese una strada laterale, l'altro continuò a rimuginare su Velho, che voleva raggiungere tutto con il denaro e la persuasione, corrompere il viceré di Canton, concedere riscatti ai pirati, senza preoccuparsi del loro prestigio, a condizione che i commerci potessero proseguire indisturbati. Come se i commerci potessero restare sospesi in aria! Come se una Macao forte, inespugnabile, non avesse il più alto valore commerciale! Era seduto da solo al tavolo del pranzo, poi mandò a chiamare sua figlia. Lei preferì non lasciare la sua camera. Quando il padre andò a bussare, non aprì, la porta rimase sprangata. Allora uscì in giardino, da davanti la finestra la sagoma di lei si ritrasse in fondo alla stanza, l'uomo intravide solo la veste rossa e la faldetta nera. Questo gli fece tornare in mente la processione per cui lui, il *procurador,* aveva dovuto fermarsi, mentre la figlia, davanti ai suoi occhi, asciugava il sudore dalla fronte di uno dei domenicani, travestito da Gesù Cristo. E quel sudore era l'unica cosa vera di quell'ipocrita! Si precipitò di nuovo su per le scale e bussò con violenza alla porta.

"Pilar! Vuoi toglierti quel travestimento e aprire a tuo padre?".

Dentro tutto taceva.

"Pilar! Sei mia figlia o una bigotta che se la fa con i preti?".

A quel punto si udì il dolce suono di un liuto, in beffarda risposta alle sue parole grossolane.

"Se non ubbidisci, faccio forzare la porta dai miei soldati!".

Il liuto s'interruppe.

"Allora aspettate, padre, che io mi cambi la veste che tanto vi irrita".

"Aspetto".

Dopo un istante la porta si aprì, Campos fece irruzione nella stanza, andò dritto al lavabo e si versò ansimante un bicchiere d'acqua. La figlia sedeva alla finestra con una semplice veste da casa.

"Chi ti ha dato il permesso di prendere parte alle processioni? Che tu non ami tuo padre, lo sapevo da tempo; che in pubblico tu ti mostri con i suoi nemici, lo proibisco".

"Ho avuto una visione, padre. La flotta di Malacca è affondata".

Non disse di aver veduto anche altro: un uomo che nuotava attorno a un relitto e faticava per raggiungere una costa nera. Vide una mano che spuntava in continuazione fuori dall'acqua, perfino durante gli attimi in cui la testa scompariva tra le onde, e quella mano reggeva un bastone o un rotolo, non era riuscita a distinguerlo.

"Delle tue visioni non tengo conto. So fin troppo bene in quale serra sono cresciute. Tra un mese sposerai Ronquilho, così smetterai di averne. Sulle prime mi odierai, ebbene, tanto già mi odi, quindi non cambia niente. Ma una volta che avrai dei figli mi sarai riconoscente".

Per un attimo Pilar ebbe l'impressione di vedere il rozzo Ronquilho lottare con l'uomo che aveva visto per metà in sogno; poi guardò suo padre.

"Figli voglio averne. Ma non presterò mai il mio corpo alla prosecuzione della stirpe inferiore di Ronquilho".

“Da quale elevata stirpe gialla proveniva tua madre, allora?”.

“Da una che già esisteva quando il Portogallo era ancora una provincia dei mori e i suoi abitanti erano schiavi dei maomettani”.

Campos si sforzò di trattenersi, si appoggiò con le mani al tavolo, facendo scricchiolare il sottile ripiano di palissandro. Era fuori luogo in quella stanza, come un toro che si fosse addentrato in un giglieto. Ma ben presto riprese il colorito normale, le labbra arricciate da un sorriso che emanava un senso di potere, e lentamente si avvicinò alla figlia.

“Non mi toccate. Voi mi rimproverate di farmela con i domenicani. Siete voi a costringermi a cercare protezione, e così finirò per fare ciò che io stessa non desidero: andare nel loro monastero”.

“Allora da questo momento sei prigioniera di tuo padre e della più alta autorità di Macao, quella del *procurador*”.

Uscì dalla stanza e gridò un comando. Pilar udì il passo strascinato di due servitori.

“Verrai sorvegliata!”, esclamò il *procurador*, mentre scendeva le scale. La ragazza andò alla finestra: accanto all’ulivo c’era già un soldato di guardia. Sconfortata si accasciò sul davanzale di marmo.

Dopo un paio d’ore si diresse in silenzio verso la porta, ma questa venne prontamente tenuta chiusa. Contro quel legno scuro vide di nuovo, adesso più chiaramente, il volto di quella notte: in una parte di mare, circondata da uno strato di nuvole, su cavalloni mostruosi sferzati da una pioggia battente come lo scontro tra un esercito di gnomi e uno di giganti, ondeggiava una grossa nave che affondava, l’alta poppa per ultima. Poi un uomo si tuffò e nuotò tra le acque in tempesta, la mano sempre sollevata, verso la ripida costa nera. E vide dell'altro: d'un tratto una spiaggia gialla digradante scivolò sotto il nuotatore, che rimase lì disteso, immobile, sulla riva. Poi le nuvole ricoprirono ogni cosa, la porta si aprì all'improvviso colpendo la fronte della ragazza. Scattò all'indietro e tornò alla finestra, mentre un servitore portava dentro una scodella. Lei non si voltò, e il servitore – sentendosi inosservato – raccolse tranquillamente un fermaglio d'argento accanto a una gamba del tavolo.

Quel pomeriggio, dopo pranzo, Campos non riuscì a riposare. Rimase a pensare se il suo comportamento nei confronti della figlia fosse stato troppo duro o, al contrario, troppo permissivo.

"L'uccellino non va spaventato troppo, altrimenti poi vola via", borbottò. "Così non riuscirà a fuggire?". Si ripropose di mettere dei soldati anche davanti all'ingresso, ma continuava a temere il potere dei religiosi. Prima del solito salì sulla sua portantina; nelle vicinanze del palazzo del Senato un tramestio di zoccoli lo fece trasalire, fu messo giù all'istante e tra i portatori sconcertati vide un cavallo con sopra Ronquilho.

"Cosa vi prende a travolgermi così in mezzo alla strada?". Campos scese a fatica dal sedile sbilenco, strizzò gli occhi in direzione del sole e li alzò su Ronquilho, tremando dall'irritazione. Ronquilho smontò di sella, fece portare via il suo cavallo e tirò a sé il *procurador*, che già dopo le prime parole ascoltava con interesse.

"A pranzo ho bevuto con Alvarez e Brandão una bottiglia di vino aspro di una vecchia scorta. Alvarez, che ha la gola sensibile, ha spinto via il suo bicchiere dicendo: 'Questo pare il vino che verrà servito a Velho alla sua ultima cena'.".

"Ebbene, io che cosa c'entro?", domandò allora il *procurador*.

"Sta a voi decidere. Stasera, al suo insediamento, non volete farne subito una questione di vita o di morte?".

Andarono avanti a parlare. Giunti alla sede del Senato, Ronquilho montò di nuovo a cavallo e imboccò una ripida traversa. Campos varcò l'ingresso, con la schiena china, come se l'ultima cosa che aveva udito gli avesse inferto il colpo finale.

Capitolo terzo

I

Pedro Velho era più alto e pacato dei suoi compatrioti. Era nato a nord del fiume Minho ed era uno dei pochi che si erano imbarcati da Porto. Il suo aspetto pareva preso a esempio per il monito che si leggeva su una delle porte di Canton: *Da qui non può entrare chiunque abbia la faccia rossa, gli occhi azzurri, i capelli biondi e la barba.* In Velho, il grande mercante, questi tratti erano assai pronunciati. Eppure era stato uno dei pochi a essere passato per quella porta, l'unico ad aver visto il grande Guangxi, il primo che nel tempio dei seicento grandi spiriti aveva riconosciuto Marco Polo in una delle gigantesche statue di bronzo. Gli altri portoghesi puntavano a compensare l'inferiorità numerica con il coraggio e la crudeltà, e se magari vincevano in audacia, quanto a crudeltà non reggevano minimamente il confronto con gli avversari. Velho era l'unico ad aver ben compreso che i celesti non si facevano impressionare dalla forza delle armi né da gesta eroiche, e che queste al contrario suscitavano il loro disprezzo. Lui sapeva qual era l'unica arma efficace: i doni, fatti in modo tale che accettarli pareva un favore. E la maneggiava con grande maestria; non dava mai troppo, né troppo poco, intuendo quanto spettava al governatore e quanto a un mandarino, a un prete o a una spia. In questo modo Velho controllava buona parte delle importazioni di seta e di tè, nonché l'intero approvvigionamento di viveri, ed era diventato l'uomo più ricco e potente di Macao. Ma il potere e la ricchezza del mercante si reggevano solo sulle relazioni con i cinesi. I compatrioti lo odiavano: i membri della sua corporazione per invidia, gli ufficiali perché voleva tagliarli fuori, il clero perché si burlava delle rivalità tra gli ordini e perché con le sue generose opere di beneficenza toglieva lustro alla carità della Chiesa, facendola apparire misera e ridicola. Da tempo era stato bandito da tutti gli uffici, per poi esservi riammesso con riluttanza. Infine dovettero farlo senatore. Non gli si poteva negare, ora che far arrivare viveri nella colonia diventava sempre più difficile, i cinesi chiudevano un magazzino dopo l'altro, e solo la misteriosa influenza di Velho poteva farli riaprire.

Sedeva alla vetrata d'angolo del suo studio, una stanza spaziosa con sei finestre che davano sul mare. Da lì poteva vedere sia il porto sia l'Ilha Verde di fronte, la cattedrale più alta, quella di São Paulo, da una finestra d'angolo, e la fortezza del Monte dall'altra. In questo modo alternava di continuo il panorama e si muoveva agevolmente per la grande stanza con indosso la sua veste di seta a fiori, un dono dello stesso governatore di Guangdong che una volta aveva minacciato di distruggere Macao. Per quella veste da camera veniva deriso; tutti i portoghesi mantenevano i loro abiti scomodi e pesanti, mentre Velho avvolgeva la sua pesante figura nella comoda seta, in tale maniera sopportava meglio il calore e lavorava più sodo, senza badare alle prese in giro. Così agghindato riceveva chiunque, dal più umile mercante cinese all'*ouvidor*, che veniva a chiedergli consiglio su come ammorbidire un mandarino adirato. Allora Velho sedeva ben piazzato al suo tavolo, alzava le braccia al cielo, cosicché le ampie maniche gli scivolavano indietro rivelando la sua grassezza. Poi diveniva eloquente e spiegava lungo quali strade bisognava riguadagnare il favore di colui che era stato offeso. Il *procurador* era irritato a dismisura da questo suo comportamento, che riteneva umiliante per l'autorità reale.

Una volta Velho aveva donato a una povera ragazza di colore una dote principesca, e il *procurador* andò a rimproverargli la sua generosità verso i gialli e il mancato sostegno nei confronti della patria.

"Se aveste lasciato le vostre ricchezze a disposizione dell'esercito, Macao sarebbe già da tempo indipendente, libera da queste misure umilianti e non vi sarebbero limitazioni al vostro commercio, giacché avremmo con molta probabilità occupato l'intero Guangdong, e non solo". Gli occhi dell'ex soldato si illuminarono. "Alessandro Magno non conquistò forse un vasto impero con un piccolo esercito?".

Velho sorrise e mise la mano su una mappa. Indicò un punto nel regno celeste, poi una macchiolina in lontananza.

"Questi siamo noi".

Poi, passando la mano su quasi tutta l'Asia:

"E questi sono loro. Tre secoli fa Gengis Khan venne a conquistare l'Europa intera. Era indifesa, eppure la disdegnò. Fece bene. Qualche castello abitato da cavalieri rinnegati e poche città in lotta tra loro, è forse un bottino di guerra? E adesso voi con un paio di vessilli vorreste affrontare il più grande impero al mondo? E io dovrei offrire le mie cospicue riserve di denaro a questa causa? No".

Campos se ne andò infuriato, con l'intenzione di denunciarlo. Tuttavia non avrebbe potuto formulare un'accusa senza coprirsi di ridicolo, quindi si astenne dal farlo.

Quella stessa sera Velho si sarebbe insediato al Senato. Nessuno andò a congratularsi con lui. Rispettato nella vita pubblica ma evitato in quella sociale, restava in solitudine tra le quattro mura. Un paio di schiavi malesi liberati e una ragazza che gli era stata donata dal mandarino costituivano la sua silenziosa famiglia. Si circondava di statue in bronzo, porcellane e paraventi laccati, che all'epoca i bianchi giudicavano brutti e privi di valore. Trattava i propri ricordi come un padre fa con i figli: alla sera venivano a tenergli compagnia e allora gli strappavano un sorriso o lo lasciavano malinconico a fissare il vuoto. Uno di questi tornava spesso da lui.

Molto tempo prima un anziano missionario aveva trascorso gli ultimi giorni di vita presso di lui; aveva lavorato per dodici anni nello Shanxi, realizzando innumerevoli conversioni, anche tra le classi più alte e perfino tra i letterati. Aveva infine cercato di incrinare l'ultimo baluardo del paganesimo: il culto degli antenati. Ben presto si accorse del crescente risentimento che attirava su di sé, anche nella cerchia dei suoi migliori amici. Nello stesso periodo era giunta da Pechino la disposizione per cui nessun ordine all'infuori di quello dei gesuiti sarebbe più stato tollerato entro i confini del paese. Di sera, mentre passava accanto a un tempio, era stato catturato, legato, gettato in una giunca, consegnato al largo a un'imbarcazione spagnola e poi depositato mezzo moribondo sulla costa di Macao. Di domenicani all'epoca, in città, ancora non ce n'erano, poiché i gesuiti consideravano il loro fanatismo come la rovina della missione. Era stato in possesso di una lettera di raccomandazione di Schaal per Velho, ma l'aveva smarrita. Velho se ne prese effettivamente carico, ma faceva con l'uomo conversazioni infinite, alla sera e di notte. Ciò nonostante, costui riusciva ogni volta a celare la propria spossatezza. In un'occasione parlarono della morte e Velho disse chiaramente che avrebbe voluto sapere in anticipo la sua fine.

"Potrei prepararmi, sistemare gli affari, spartire il mio patrimonio e, soprattutto, rivolgere i pensieri ai migliori salvacondotti per l'altro paese, la *Bhagavadgītā*, i dialoghi di Confucio".

Il vecchio missionario, con l'espressione afflitta, lo punì perché si era allontanato dalla retta via.

"Conoscerai la tua morte in anticipo. Quando il vino che berrai sarà amaro come fiele e aspro come aceto, la tua fine sarà prossima. E allora ti rimarrà soltanto una consolazione: il Vangelo. Tutto il resto è vana speculazione da pagani".

Velho stava per illustrargli la perfezione della dottrina indiana della salvezza, quando udì un colpo di tosse. Si voltò e vide sulla soglia il comandante del forte. Non lo aveva sentito arrivare, ma l'uomo disse di essere stato annunciato e cominciò a parlare di una spedizione di viveri per la guarnigione. Velho si occupò della questione e il monaco si ritirò. Di notte, in preda all'ansia, ripensò all'esaudimento del desiderio che aveva espresso; l'indomani mattina era intenzionato a revocarlo, ma quella stessa notte il monaco era morto, ormai spossato dalle torture e dagli stenti, forse anche dalle conversazioni notturne, durante le quali doveva difendere la sua fede dagli attacchi a tutto campo dell'altro, che combatteva a colpi di citazioni dall'intera filosofia orientale.

Inizialmente Velho rinunciò ai piaceri del vino, poi prese l'abitudine di farlo assaggiare e presto ricominciò a bere come prima, a volte con un certo nervosismo al primo sorso, ma convincendosi infine che proprio come l'acqua non poteva davvero tramutarsi in vino, il vino sulle sue labbra non poteva diventare aceto.

II

Ronquilho aspettava con impazienza che facesse sera. Dai bastioni della cittadella continuava a spiare l'abitazione con il suo telescopio. Quando incominciò a fare buio, vide il *procurador* uscire di casa; attese un'altra mezz'ora, poi s'incamminò. Sulla rua do Bom Jesus legò il cavallo in un giardino abbandonato e proseguì a piedi.

L'ingresso posteriore era aperto. Dalla tenue luce serale si addentrò nel crepuscolo gelido; il giardino, rigoglioso e vagamente trascurato, pullulava di ombre; tra il muro e gli alberi era completamente buio. Dopo aver cercato per un po', individuò lo stretto sentiero che portava al retro della casa; era silenziosa e deserta, le finestre quasi tutte chiuse, fatta eccezione per le tre della stanza di Dona Pilar, al terzo piano.

Ronquilho vide che contro un albero c'era una scala, come se nel pomeriggio fossero stati raccolti i frutti. Quella sera sarebbe stato colto il frutto più alto, pensò, mentre si arrampicava per la scala appoggiata all'ulivo, lieto che alla sua robusta corporatura venissero facilitate le cose. Arrivò al ramo di fronte al balcone. Ecco lì Pilar. Non poteva muoversi, altrimenti lo avrebbe visto. Rimase in attesa, seduto sul ramo, con un piede sull'ultimo piolo. E Pilar se ne stava sul balcone, a fissare il cielo della sera. Costretto in quella scomoda posizione, schiacciato contro il tronco scuro, sentì le gambe che cominciavano a dolere e a irrigidirsi. E più Pilar rimaneva lì, più gli sembrava inaccessibile. Quasi rinunciò al piano di rapirla. Gli era parso tanto semplice: avrebbe dovuto prendere Pilar tra le braccia, per metà recalcitrante e per metà inerme dalla sorpresa, caricarla su una portantina e condurla a bordo della *lorcha* del suo amico Ramirez; salpare l'ancora e, attraversando la baia alla velocità di una gondola, ottenere a suon di suppliche o con la forza ciò che bramava. Meglio ancora: entrare nella stanza, avvicinarsi al letto e semplicemente, come se tutto fosse ormai deciso da tempo, prenderla tra le braccia e non farla rinvenire finché non fosse accaduto l'irrevocabile. Ma come poteva entrare con tanta discrezione e naturalezza? Ormai aveva le gambe anchilosate, il sangue scorreva lento e con quei vestiti pesanti e umidi si sentiva più un patetico bandito che un amante vittorioso.

All'improvviso Pilar alzò lo sguardo, Ronquilho nascose la testa, ma lei, dopo un'ultima occhiata al cielo, rientrò in camera. Era quello il momento. A fatica scivolò sul ramo che si era scelto e raggiunse il balcone, e mentre la punta già si incurvava riuscì giusto ad aggrapparsi alle sbarre della balaustra, ma non poté scavalcarla senza fare baccano. Giunto sul balcone trovò la stanza buia, riuscì solo a distinguere un mazzo di fiori bianchi sul tavolo. Si intrufolò all'interno e subito finì lungo sul tappeto in una pozza d'acqua e tra i frammenti dei vasi sui quali era inciampato.

Si affrettò a rimettersi in piedi, ma udì una chiave girare nella toppa e una breve risata. Con un balzo tornò sul balcone, vide che il grosso ramo si era spezzato. Nessuna via d'uscita! Disperato e di colpo esausto, si gettò sul letto e immediatamente si rialzò: giacere lì da solo era un disonore che gli mandava il sangue alla testa. Sentiva ancora ovunque la presenza di Pilar, tra gli abiti appesi intorno a lui, nello specchio in cui tante volte si era guardata, nel mazzo di fiori sul tavolo.

Batté il pugno sul legno. Un altro vaso andò a infrangersi sul tappeto, la confusione nella stanza lo incriminava. Legò assieme coperte, vestiti e lenzuola di seta, e senza calcolare la distanza si calò giù, ritrovandosi aggrappato a due maniche a più di cinque metri da terra. Mollò la presa, atterrò con un tonfo slogandosi la caviglia, e arrancando tra i lamenti riuscì a raggiungere il punto in cui aveva legato il cavallo. Poi montò in sella, ben sapendo che a quel punto lei già doveva essere lontana, probabilmente si era rifugiata nel monastero domenicano. Ma lì Pilar non era tanto al sicuro o invisibile quanto pensava. Ronquilho sapeva dell'odio che il *procurador* nutriva per i domenicani, del resto al mattino era stato testimone della furia di Campos contro lo sfrontato Belchior. Si sarebbero liberati di quel nido di vespe, se necessario scacciandole con il fumo. Tornò al trotto verso la cittadella e dovettero accompagnarlo su per gli scalini; ordinò vino e pane, e chiese di essere lasciato solo, si bendò lui stesso la caviglia. Il dolore si faceva più acuto. Rimase lì a pensare, sempre più convinto che Pilar si fosse rifugiata dai monaci. Bevve molto vino. Se fossero riusciti a mettere al bando i domenicani, anche il monastero sarebbe stato abbattuto. Tao Hsao, il viceré di Canton, continuava a minacciare di ridurli alla fame – il vecchio metodo, adottato all'esasperazione – se i seminari e i monasteri, in cui egli vedeva delle fortezze camuffate, non fossero stati demoliti. Perché allora non farlo subito? Immaginò le mura esterne che crollavano, poi l'edificio principale, al che sarebbe apparsa Pilar, circondata da monache. Immaginò di afferrarla – già la teneva stretta, ma era la caraffa di vino. Si lasciò cadere all'indietro, e il vino si versò sui suoi stivali e bagnò il pavimento.

III

Campos salì circospetto le scale e si fermò davanti alla porta. Si mise in ascolto – nessun rumore. Meditò per un istante sull'opportunità di entrare, ma in quel caso sarebbe sembrato complice. Dal buco della serratura non vide che un vaso rovesciato alla flebile luce della luna. Scese di nuovo le scale, scrutò il giardino grigio e vide il ramo spezzato. Dunque Ronquilho era entrato, poteva stare tranquillo: la loro alleanza era stata sancita, insieme avrebbero assoggettato i mercanti. Chi aveva fondato quella città: un mercante, un prete? No, un soldato. Campos ripensò alla sua storia preferita, il trionfo di Alessandro Magno. Ma a quell'epoca i mercanti erano guerrieri, e i gesuiti ancora non erano stati inventati. Andavano perciò eliminati entrambi, a qualunque costo e con qualunque mezzo, come essi stessi, ognuno a suo modo, insegnavano. Poi, una volta che ci si fosse liberati di loro: un regno di terrore sulla costa cinese, un'avanzata di diecimila uomini, dritti verso Pechino. Gli parve di udire le parole pronunciate da Farria sul letto di morte: "Non lasciate entrare religiosi né mercanti, altrimenti Macao verrà presto data alle fiamme, come Lian Po, oppure finirà lentamente logorata dalle contese. Contadini e soldati, nessun altro. Il monopolio del commercio al re. Il Portogallo è troppo lontano, ci si impiega troppo tempo a mandare i rinforzi. Allora si potrà fondare un proprio regno".

Queste parole, come tutte le vicende del vecchio pioniere, erano fuse nell'animo di Campos: a volte gli pareva che

Farria continuasse a vivere in lui, ma in genere – oppresso dal lento, normale corso delle cose – Campos si derideva per quelle che egli stesso definiva eroiche fantasticherie.

Dormì male, si svegliò presto e attese che comparisse Ronquilho, a vantarsi del trionfo, o Pilar, pallida e piangente, ma non si presentò nessuno. Alle sei salì di nuovo al piano di sopra, sbirciò dalla serratura e ancora vide solo mobili rovesciati. Si era opposta, sua figlia! Non si doveva pensare che una donna del suo stesso sangue si sarebbe arresa come un mite agnello sacrificale. Ma l'impazienza prese il sopravvento. Aprì la porta con la sua chiave: vide una devastazione ancora più grande, ma il letto era vuoto. Dal davanzale pendeva una striscia colorata; si avvicinò, raccolse con cura le coperte e i vestiti legati tra loro e disfece i nodi. Ma le tracce del peso considerevole non potevano essere cancellate: ogni cosa era deformata e strappata. Calciò furiosamente quella roba dentro un armadio a muro e inviò un messaggero al forte. Aveva dovuto rapirla, certo, ma perché in un modo tanto assurdo? Le scale cigolavano, la porta principale sbatteva, però Ronquilho poteva star tranquillo che Campos aveva allontanato i servitori, o forse i romanzi cavallereschi avevano dato alla testa anche a lui?

Il messaggero fece ritorno con un nulla di fatto: il *capitão* non era disposto a ricevere nessuno. L'aveva dunque portata con sé al forte? Ma era troppo infamante! Tutti avrebbero saputo com'era nato quel matrimonio; non si confaceva al loro prestigio! Campos si precipitò al forte. Era ancora presto, per le strade non c'era nessuno. Prima ancora che la città si svegliasse sarebbe potuto rincasare con Pilar, come di ritorno dalla prima messa.

Ronquilho era sdraiato sui cuscini, con una grossa benda intorno alla gamba, e accolse Campos con un ghigno d'irritazione.

"Un fallimento, l'uccellino è volato via, io quasi rimanevo intrappolato nella gabbia".

"È scappata? Ma perché non avete aspettato il mio ritorno, avremmo potuto andarle subito dietro".

"Non dimenticate che tra la vostra abitazione e il monastero domenicano ci sono solo cinque minuti di strada".

"Il monastero? Pensate che sia andata lì?".

"Avete forse dimenticato la mascherata? Credetemi, in questo momento Pilar sta di nuovo indossando i panni della Veronica, o di Maria Egiziaca, chi può dirlo?".

"Allora dovranno riconsegnarla! L'autorità paterna è superiore a quella della Chiesa".

"Per noi andrebbe a finire male. Il monastero è considerato da tutti un luogo di rifugio. E il padre non ha forse ceduto prematuramente la sua autorità? Se questa storia trapelasse, l'autorità di padre e di governatore riceverebbe un colpo ben più temibile di quello che il ramo ha ricevuto dal mio stivale, non credete? No, approfittiamo per eliminare il nido una volta per tutte e radiamolo al suolo. Pensate ai vantaggi! Finalmente ci libereremo di quella marmaglia dei domenicani, metteremo i mercanti in difficoltà e ci guadagneremo il favore dei cinesi".

"In che modo?".

"Con il pretesto per sopprimere il monastero".

"Che indovinelli sono mai questi?".

"Ascoltate. Il mercante Lou Yat ha un figlio e una figlia, che si sono fatti condizionare dallo zelo dei domenicani. Si confessano, vanno in chiesa e già sanno fare il segno della croce, con grande disappunto dell'onesto Lou Yat, che credo sia diacono del tempio di A Mao. Tutto il distretto cinese parla dell'apostasia dei suoi figli. Insomma, oggi è martedì. Giovedì mattina Lou Yat verrà ritrovato dietro il bancone con la gola tagliata, e i suoi figli saranno spariti. Che cosa penseranno le autorità cinesi, cosa pretenderanno? Quale richiesta non potrà assecondare la corporazione dei mercanti? E noi cosa saremo ben lieti di fare, per la soddisfazione del mandarinato?".

"Ma noi non troveremo davvero i figli di Lou Yat nel monastero?", obiettò Campos.

"Non saranno mai ritrovati. Ma si faranno degli scavi nel giardino del monastero, e lì verranno alla luce corpi di bambini, ormai decomposti e irriconoscibili, e con gli occhi cavati".

"Ma questo è troppo!", esclamò Campos. "Sarà un duro colpo per tutto ciò che si definisce portoghese".

"Non per noi. Pensate alle conseguenze: i religiosi verranno cacciati, il potere dei mercanti – che stavolta non potranno mettere a tacere la faccenda con i soldi – sarà drasticamente ridotto, mentre il severo ed equo *procurador* e l'esercito, che in nome della giustizia combattono i loro stessi preti, saranno temuti e rispettati fino agli angoli più remoti della Cina".

"Ma chi si occuperà dell'uccisione della famiglia di Lou Yat, di modo che non si possa risalire a noi?".

Ronquilho sogghignò.

"Nella mia guarnigione ci sono tre uomini di cui so abbastanza da farli appendere ai patiboli di qualsiasi potenza marittima. Terranno la bocca chiusa".

"Non ci tradiranno?".

"Mai. Li passerò io stesso a fil di spada nella confusione dell'assalto al monastero. I morti non parlano".

Campos cedette. Guardò Ronquilho con rispetto e si ricordò, meravigliandosi, che solo quella mattina lo aveva definito coraggioso ma stupido.

"Agite come vi pare opportuno. Io mi tengo fuori dalla questione finché saranno trovati i corpi. A quel punto farò giustizia e punirò i colpevoli".

IV

Durante la seduta di quella notte, Pedro Velho si sarebbe insediato al Senato. Nella sua casa improvvisamente vuota Campos si preparava alle pesanti ore che lo attendevano. Dovette vestirsi alla flebile luce di poche candele.

La flotta da Malacca ancora non era arrivata e l'olio lampante continuava a scarseggiare. La visione di Pilar sembrava dopotutto riflettere la realtà. La casa del *procurador* era più illuminata delle altre; tante non avevano che una sola candela da accendere, ma lui non poteva esibire sprechi. Nel suo animo era ancora più buio. Di Pilar non c'era traccia, Lou Yat e i suoi figli erano ancora vivi. Quando chiedeva notizie a Ronquilho, questi faceva un sorriso furbo e dava risposte evasive. Lui stesso aveva tentato di trovare qualche macchia o transazione disonesta nel passato di Velho, ma quell'uomo era davvero immacolato, oppure troppo scaltro: nessuna evidenza rappresentava un impedimento alla sua nomina a senatore. Quella sera avrebbero scoperto se la superstizione di Velho realmente si sarebbe rivelata fatale. In caso di fallimento, il *procurador* avrebbe incassato una seconda pesante sconfitta.

Campos guardò fuori da una finestra sul retro della casa: l'agglomerato di Macao si stagliava scuro contro le colline. Perché non si era fatto ricorso alle riserve di petrolio dell'Ilha Verde? Almeno ci sarebbe stata luce. Con quell'oscurità un attacco notturno dei pirati o degli spagnoli sarebbe stato disastroso. Gli tornarono in mente le esortazioni di Farria al Senato a occupare e colonizzare l'Ilha Verde. Ma Campos aveva sempre considerato quegli appelli le testarde visioni di un vecchio patriarca, convinto di poter ancora creare insediamenti come quelli descritti nella Bibbia.

Ora, nell'oscurità, si rese conto che anche in questo Farria aveva avuto ragione, l'isola era deserta e pericolosa. La città era sempre a corto di viveri; gli abitanti dovevano fare affari con i cinesi che dalla lontana Pak Lang si spingevano fino alla porta sul collo della penisola, e che si presentavano solo se ne avevano voglia o se il governatore di Canton non glielo vietava. Per i continui ritardi delle navi da Malacca, Macao rimaneva periodicamente al buio, ogni sera si accendevano sempre meno luci; Guia, che doveva indicare la via alle imbarcazioni, resisteva più a lungo, e quando poi non si poteva più accendere il faro si piazzavano grossi falò all'ingresso della baia. Ancora non si era arrivati a questo punto, ma tutti avevano già cominciato a coricarsi prima; la vita di sera era impossibile, non si poteva leggere, e conversare al buio era troppo opprimente. La gente andava a letto presto; nel giro di pochi mesi l'indice di natalità sarebbe salito di nuovo, e questo era l'unico aspetto positivo. Erano le dieci. Per le strade passò un banditore, preceduto da un tamburo e una luce tremolante.

"Il Senato di Macao informa i cittadini che le luci potranno essere accese soltanto per i malati e i moribondi, e che chiunque abbia ancora dell'olio dovrà metterlo a disposizione della guardia del faro. Chiunque verrà trovato in possesso di olio sarà punito con un'ammenda e la gogna".

Le finestre scure assistettero torve all'annuncio che non fu udito da nessuno. Poi tornarono la quiete e il buio, solo Guia risplendeva dall'alto, le onde si scagliavano torpide contro il parapetto della Praia. Il vento soffiava su uno stendardo sopra il palazzo del Senato, gonfiando di tanto in tanto la stoffa. La piazza rimase vuota fino alla mezzanotte. Poi fu attraversata velocemente da figure avvolte in lunghi mantelli, che entrarono da una porta laterale, scesero una rampa di scale e si ritrovarono nei sotterranei, dov'erano accese alcune lampade. La luce tremolante modificava le sembianze del defunto, che giaceva al centro su un catafalco, gli occhi non ancora chiusi, il corpo coperto da una bandiera e un bastone nel braccio destro piegato sul petto. Al capo e ai piedi c'erano due uomini vestiti alla stessa maniera. Uno dopo l'altro si unirono al cerchio, che si chiuse con ventiquattro persone. Poi prese la parola l'uomo al capo della bara; pareva ben più anziano dell'uomo il cui funerale sembrava essere lo scopo della riunione notturna. Distese la mano sulla salma, anche la sua barba gettava su di essa un'ombra che si muoveva di pari passo al discorso che tenne.

"Pereira, l'ultimo dei pionieri, senza la vostra venuta questa città ai margini del mondo conosciuto, lontano dalla nostra terra, non esisterebbe; la città che avete costruito sulle rovine di un'altra e sulle tombe della vostra famiglia. Ora che siete morto ci sembra che il più solido dei pilastri su cui poggia la nostra esistenza già stia cedendo su un lato, come se lo sentissimo traballare dalle fondamenta. Lasciate che ognuno raccolga le sue ultime forze, che ognuno vi implori di trasmettergli un frammento della vostra forza".

Si fece da parte. Uno a uno i senatori sfilarono accanto al cadavere, poggiarono la mano sul cuore di Pereira e recitarono una breve preghiera. Poi il più anziano, Guimares, chiuse gli occhi dell'amico e continuò:

"Sappiamo tutti che colui che prenderà il posto del defunto non possiede nessuna delle sue doti, eppure è ugualmente potente grazie a qualità opposte. Sappiamo che il successore non è stimato per le virtù cavalleresche né per le nobili origini. Ma non dimentichiamo che, una volta eletto, l'interesse comune esige che venga trattato come uno di noi. *Ouvidor*, fate entrare il nuovo senatore".

L'*ouvidor* uscì dalla stanza e rientrò insieme a una sagoma bassa e grassoccia con il capo coperto da un telo. Gli fece prima fare un giro della salma, poi lo lasciò andare e disse seccamente: "Prendete il bastone dalle mani del vostro predecessore".

Velho, accompagnato ai piedi della bara, rimase lì pensoso, quasi a voler capire in silenzio dove tastare, fece poi un passo avanti, allungò d'un tratto la mano nella giusta direzione e tolse il bastone al defunto. Tra i presenti si diffuse un mormorio di sorpresa approvazione. Di nuovo Guimares tenne un breve discorso, sottolineando ancora la differenza tra il defunto, che era un grande guerriero, e il suo successore, che era un grande mercante, un fatto che poteva valere come simbolo dei tempi cambiati. Chiese a Velho di volgere ora la sua considerevole influenza al servizio dell'istituzione di cui faceva parte.

Velho rispose con freddezza e riluttanza. Guimares fece poi un cenno all'*ouvidor*, e questi aprì una porticina nel muro al cui interno era pronto il bicchiere con il vino rosso proveniente ancora dalle provviste della *Mãe de Deus* che ogni senatore doveva bere durante la sua iniziazione. Velho si avvicinò alla nicchia, prese un sorso, ma divenne pallido come un cadavere, iniziò a barcollare e sarebbe caduto se l'*ouvidor* e un senatore non lo avessero sorretto e messo su una sedia.

Gli venne portato un bicchiere d'acqua. Bevve e la risputò a terra, e parve svenire di nuovo. Gli si fecero tutti intorno. Ci volle del tempo prima che riuscisse a parlare.

"Presto il mio corpo giacerà lì, e il mio successore mi prenderà il bastone dal braccio irrigidito. Non aspettate troppo a nominarlo. Ho i giorni contati. Mi era stato predetto: quando il vino che pensavi fosse il più dolce saprà di aceto, l'angelo della morte busserà alla tua porta. E quel vino era amaro come fiele".

Campos ribatté: “Speriamo che sia stata una coincidenza nefasta a guastare il vino. Probabilmente è filtrata dell’acqua di mare nella bottiglia. Al buio il servitore non si sarà accorto che era torbido, ma se volete prepararvi alla morte tenete subito fede al giuramento di fare tutto ciò che è in vostro potere per la colonia. Sappiamo che possedete una grande fortuna e non avete eredi, eccetto la vostra figlia adottiva; fate testamento oggi stesso, assicuratele una parte del patrimonio e lasciate il resto alla colonia”.

Velho aveva ripreso i sensi e lo guardò fisso. Infine parlò:

“Vedo che siete indifferente, per non dire ostile, nei confronti della persona che sono. Non avrete il mio denaro. È al sicuro dalla vostra cupidigia. Ma stenderò il mio testamento. Scrivete”, proseguì rivolto all’*ouvidor*, “Velho lascerà il suo patrimonio a Macao nel giorno in cui si affrancherà dalla corona del Portogallo e diverrà parte dell’impero cinese”.

“Vi rendete conto, Velho, che state pronunciando un’altra condanna a morte? Se non morirete da voi, possiamo farvi fucilare come ribelle”.

“Per me non cambia nulla. Mi chiamate ribelle? Non sto forse esprimendo le ultime volontà dell’uomo che giace di fronte a me e anche di colui che per primo è arrivato qui, Farria?”.

Campos gli intimò di tacere; alcuni fecero per aggredirlo. A fatica venne ristabilito l’ordine e furono sottoposte all’attenzione dell’assemblea le seguenti decisioni, previste durante quella seduta: approvare la richiesta dei gesuiti di privare i domenicani del diritto di insediamento e proselitismo; trasformare in legge la proposta di cinque senatori di dichiarare nulli lasciti e donazioni fatti agli ordini religiosi, e destinare quei fondi a vantaggio e potenziamento della stessa colonia.

Pedro Velho si alzò:

"Signori miei, non ho intenzione di prendere parte ai vostri lavori. Se muoio, i miei averi non finiranno nelle vostre mani, né in quelle dell'avida Chiesa. Se resto in vita, scoprirete con chi avete avuto a che fare".

Uscì dai sotterranei del Senato. Fuori era freddo e buio, ondate di fitta nebbia si riversavano nelle strade, era come se già sentisse sul volto l'umido sudario.

Il giorno successivo Velho si preparò a lasciare Macao. Aveva noleggiato una giunca spaziosa e vi aveva fatto caricare tutti i suoi beni; né fece mistero dell'intenzione di trasferirsi a Canton, cosa che a nessun altro sarebbe stata concessa. Non avrebbe potuto prendere casa all'interno delle mura, ma su una delle isole sul fiume delle Perle.

Gli abitanti inviarono al Senato la richiesta di convincere Velho a rimanere. Si temeva che i commerci si sarebbero spostati se altri avessero seguito il suo esempio. Sebbene fosse malvisto, molti senatori preferivano averlo nelle loro file piuttosto che come vicino. Se fosse rimasto in vita si sarebbe di certo alleato ai cinesi. Ma dopo quella notte il Senato non poteva formulare una tale richiesta.

I cittadini più anziani andarono da lui. Velho li accolse, offrì loro del buon vino, che prima volle eloquentemente assaggiare di persona, e fu ben disposto ad ascoltarli. Disse che forse sarebbe tornato e che non era sicuro di rimanere a Canton, magari si sarebbe spostato più a nord. Ma era probabile che sarebbe comunque morto di lì a poco!

La partenza fu programmata per il mattino successivo, la grande giunca era ormeggiata vicino alla banchina. Al sorgere del sole, le tante persone in attesa sulla Praia videro che nella notte l'imbarcazione era stata dipinta di nero e cosparsa di fiori bianchi. L'autore del macabro scherzo non fu mai scoperto.

Velho arrivò al molo assieme ai suoi, scrollò le spalle e si fece trasportare a bordo con una barca a remi. I fiori vennero gettati in acqua e la giunca si allontanò a vele spiegate, nera com'era.

In seguito si seppe che Velho, dopo tre giorni a Canton, aveva risalito ulteriormente il fiume delle Perle su una piccola imbarcazione fluviale. Una settimana dopo la giunca attraversò la rada, trascinata dalla corrente di marea, e scomparve in mare. L'assenza di Velho e la sua sorte ignota incombevano su Macao come una minaccia. Anche dalle attività commerciali era difficile capire se fosse morto o se invece la sua influenza avrebbe ripreso a farsi sentire dalle zone più interne.

Capitolo quarto

I

Durante i primi tempi della scoperta, le navi sfilavano fuori dal Tago quasi inosservate. Spesso gli equipaggi erano formati da criminali, non era facile trovare un prete per benedire gli scafi prima della partenza. I re in genere fingevano di non sapere nulla di quei viaggi, anche se ve ne fu uno che, sotto mentite spoglie, si aggregò a una spedizione per un tratto. La situazione cambiò quando le prime flotte rientrarono con oro e spezie. Sulla banchina vennero costruiti lunghi spalti per i cortigiani e le dame in abiti di gala. Era come nei tornei d'un tempo. Certo, ora se ne vedeva solo l'inizio, ma la competizione era ben più grandiosa: non erano cavalli e cavalieri a darsi battaglia, bensì grandi navi scure che sfidavano l'Ignoto. Anche la posta in palio era aumentata, gli uomini non si battevano più per questioni d'onore. Il vincitore poteva acquistare un castello o un'intera regione, il che era meglio di un trofeo, di un fiore azzurro, di un calice d'oro. E il rischio era ben maggiore, l'attrattiva era soprattutto quella. In pochi facevano ritorno a bordo di navi prossime ad affondare, e quei pochi non infastidivano a lungo le mogli con gli appetiti della loro precoce vecchiaia.

Ma chi pensava a futuri relitti, vedendo le navi e i nobili addobbati a festa? Le vele non erano più sudice e logore come grossi stracci, ma d'un bianco immacolato con una croce vermiglia dipinta sopra.

Cardinali in talare porpora davano la benedizione alle navi. Alla partenza venivano intonati corali a mille voci, che proseguivano per un'ora dopo che le navi avevano mollato gli ormeggi e preso il largo. Agli equipaggi di criminali si erano sostituiti nobili in cerca di fortuna. Ciò non aveva giovato alla navigazione. Quando intraprese il suo primo viaggio, Da Gama era un comandante sconosciuto, ma sul volto burbero aveva un'espressione più gioiosa che mai. In seguito fu nominato grandammiraglio, dovette indossare un'uniforme sfarzosa o fare il baciamano alle dame, inchinarsi al cospetto del re, inginocchiarsi davanti al cardinale; poi pensava al suo equipaggio d'incapaci, si sforzava di atteggiare la bocca a un sorriso, ma gli usciva soltanto una smorfia di irritazione. Alle isole di Capo Verde si fermava chi soffriva di nostalgia o di mal di mare, quelli che appena sentivano di nuovo la terra sotto i piedi non volevano più salire a bordo se non per tornare a casa alla prima occasione. A São Tomé i ranghi si sfoltivano ulteriormente, sul ponte si creava spazio – solo allora Da Gama aveva la sensazione che la cerimonia d'addio si era conclusa ed era cominciato il viaggio. Nell'ultima fase della sua vita, tutto quell'interesse scemò di nuovo, la gente aveva fatto l'abitudine all'arrivo dell'oro e notava che il paese, anziché arricchirsi, s'impoveriva. I nobili avevano capito che la fama non si otteneva con gite di piacere, bensì in viaggi pericolosi che duravano per anni. Ormai partecipavano solo i veri avventurieri e i condannati. Le cerimonie di addio in pompa magna appartenevano al passato. Il re e la corte non presenziavano più. Nemmeno il cardinale, ma sulle tribune cadenti sedeva qua e là una donna in lacrime. Un semplice prete in tonaca grigia recitava in fretta le preghiere e, dalla banchina, benediceva gli scafi marroni che spesso erano destinati ad affondare di lì a poco in acque profane, con uno squarcio nella carena, crivellati da proiettili o frantumati da un'esplosione di polvere da sparo. Nel giro di una generazione si era tornati ai vecchi tempi. Da Gama, in tarda età, cercò di ritrovare da solo la quiete turbolenta dei viaggi di scoperta.

Poi fu costretto a diventare viceré delle Indie e a constatare, prima di morire, che gli esploratori s'erano tramutati in predoni, che non era stato fondato un impero portoghese, ci si era limitati ad aggredire un altro impero, che tollerava gli stranieri e i danni che provocavano così come un elefante sopporta gli insetti e un fastidioso prurito in un punto a cui non riesce ad arrivare, ma che per il resto non disturba la sua massiccia esistenza.

Perché adesso alla partenza di Fernando Alvares Cabral con una flotta di cinque imbarcazioni, di cui la sola *São Bento* superava in altezza la banchina, era di nuovo presente metà della corte, molti prelati in abiti da cerimonia, il re e l'*infante* in persona? Di certo non per mostrare alla delegazione spagnola che ancora possedevano delle navi.

No, la smania di viaggiare e la necessità di compiere grandi imprese stavano già scemando. Un tempo erano stati i disprezzati esploratori a rendere omaggio alla corte. Ora le parti si erano invertite. La richiesta tacita e rispettosa era questa: "Non tornate a mani vuote. Diventa sempre più difficile foraggiare un grande Stato. Non stabilitevi in Oriente. Fate godere la patria delle ricchezze. Tornate indietro".

La maggior parte, però, era lì indifferente sul ponte e non si unì agli inni intonati dalle voci malferme dei canonici e da quelle acute dei chierichetti.

Cabral si era inchinato di fronte al re, il prelato aveva asperso l'acqua santa sui ponti e sui pochi che si erano inginocchiati a capo scoperto, mentre a prua già venivano sciolti gli ormeggi.

Poi accadde qualcosa d'inatteso.

Un omone anziano, nessuno sapeva da dove fosse spuntato, si fece strada tra le guardie, si fermò nello spazio tra le navi e la corte, e proferì una maledizione che nessuno comprese, ma tutti ascoltarono, e che ebbe l'effetto di un temporale atteso a lungo e infine scoppiato. Ognuno dei presenti ne rimase colpito. Il sole era basso a occidente su un banco di nubi che bloccava la foce del Tago e la cui ombra insieme a quella della torre di Belém investì tutti. I cori si ammutolirono, l'uomo parlava rivolto alle navi, con la schiena alla corte, e al principio nessuno lo udì. Ma il vecchio, dopo aver cominciato in tono tranquillo e pacato, si mise a gridare sempre più. "Non c'è di meglio da fare che convertire e sterminare pagani che vivono all'altro capo del mondo? Avete impiegato secoli a scacciare i mori dal paese, e torneranno in men che non si dica. Sono lì che aspettano sulla sponda opposta. Ma anche qui avrebbero da imparare. È da secoli che cercano la pietra filosofale. Voi in vent'anni avete trasformato in oro il miglior sangue del paese. Chi ci ha guadagnato? Qui addirittura la corte è velatamente a caccia di elemosine".

Sulle navi un borbottio di approvazione, sulla banchina un silenzio di tomba.

"In Oriente ci vadano gli inglesi e i norvegesi, che in patria sono fiaccati da miseria e intemperie. Questo è un paese fertile e ricco, mai troppo freddo e mai troppo caldo. Da Gama e Albuquerque hanno mausolei e statue. Avrebbero dovuto impiccarli. E anche il primo che issò una vela su una barca per allontanarsi dalla costa. Maledetto sia chi cerca l'ignoto, maledetto Prometeo, maledetto Odisseo".

Ancora nessuno si era intromesso. Ma a bordo della *São Bento* un uomo salì sul parapetto e gridò: "Padre, lascia in pace i classici. Noi partiamo lo stesso, non abbiamo voglia di stare sempre in questo paese, per quanto possa essere bello".

A quel punto l'incanto si ruppe, tutti presero a parlare all'unisono, le dame di corte proruppero in risa forti e stridule.

Il vecchio non era più il minaccioso profeta di penitenza, bensì un pover'uomo sfinito, che si sporgeva in lacrime dalla banchina: "Luís, non abbandonare tuo padre, non andartene ancora. Tra un anno potrai vendere le terre che ti spettano e fare ciò che credi… io sarò morto!".

Alcuni soldati lo trascinarono via.

A bordo nessuno ammirava Luís per il suo atteggiamento impassibile. Un marinaio lo strappò con un ringhio dal parapetto.

Incominciarono le manovre. Gli ufficiali ordinarono agli uomini di cantare e levare gli ormeggi. Di canti se ne udirono ben pochi. Presto però le navi furono lontane dalla riva, già si vedevano i cortigiani alzarsi dagli spalti e affrettarsi verso casa. La banchina rimase deserta prima che le navi scomparissero dalla vista, ma nessuno si voltò più indietro.

Solo Luís, non avendo nulla da fare, fissava dalla poppa la terra che man mano svaniva. Nella torre di Belém quasi vide suo padre, che restava lì immobile. Un falso pudore gli aveva fatto commettere un atto di viltà. Il padre sarebbe morto di lì a poco, Diana sarebbe diventata regina e lo avrebbe dimenticato. Luís non aveva intenzione di tornare da eroe e prendere parte a una squallida commedia a corte.

Ma era per questo che aveva tagliato i ponti col passato?

Gli uccelli seguirono la nave per un tratto, la costa ormai non era che una striscia marrone indistinta. Presto sarebbe finita. Ma era come se coloro dai quali fuggiva lo stessero inseguendo, come se li incontrasse di continuo, e a breve su quell'angusta nave avrebbe provato un senso di oppressione. Era questo l'orizzonte ampio e liberatorio che si aspettava dalla partenza?

Gli occhi si riempirono di lacrime, i pensieri di versi. Si rintanò nella cabina. Per riconciliare il padre, che continuava a vedersi davanti come fosse ancora sulla banchina, dapprima alto e minaccioso, poi fiacco e supplichevole, cominciò a scrivere; cercò di trasformare quella scena dolorosa in un grande evento profetico, ma non gli riuscì. Non era capace di gestire strofe complesse, non ne aveva la pazienza. Invece continuava a risuonargli per la testa:

Pur se dato l'addio alla nostra terra,
il soffrir naviga su questa nave…

e neanche questo andava avanti.

Tornò sul ponte, era vuoto e scintillava dell'umidità al chiaro di luna; le coste a lui familiari, calde e brune, scivolavano via in lontananza pallide come la morte. A volte un marinaio gli passava accanto, senza salutare, e lo spingeva da una parte quasi fosse d'intralcio. Vedeva le altre navi piccole, nere e abbandonate nel mare. Come fossero reietti tali e quali a lui – i soli amici silenziosi che gli restavano.

Poi pensò che c'erano anche navi più anguste e che versavano in condizioni peggiori di quella su cui si trovava. Dormire gli parve l'unica cosa che potesse fare, ma gli risultò difficile anche questo.

II

Il mattino seguente di buonora tornò sopra coperta, il mare era deserto. La *São Bento* era l'unica imbarcazione con una velatura adeguata; le altre erano poco più che carrette bardate. Le navi superstiti li avrebbero raggiunti al largo del Mozambico. Anche quegli amici lontani erano dunque perduti.

In realtà non aveva di che lamentarsi, viaggiava sulla nave più grande, dove – almeno per il momento – si mangiava bene, e godeva di tutti i diritti consoni al suo rango. A tavola sedeva alla destra del capitano, ispezionava due volte al giorno lo stendardo che veniva issato sul parapetto e alloggiava in un'ariosa cabina di tribordo sul cassero, dove trascorreva molto tempo a pensare alla vita che si era lasciato alle spalle, spesso rimpiangendola. Il suo desiderio per l'Oriente diminuiva man mano che vi si avvicinava.

Il sartiame dell'albero di mezzana passava sopra il parapetto proprio davanti alla sua cabina. Le venti funi tese parallelamente e le sottili griselle intermedie formavano un'arpa eolia. A Camões piaceva ascoltarne la melodia che montava e poi scemava, simile a un ringhio o a un fischio, ma non cessava mai.

L'avanzare della nave – anche la grande *São Bento* procedeva sulle onde – contro il moto sempre più impetuoso dell'oceano, non gli procurò il mal di mare, come speravano in segreto gli altri ufficiali. In compenso sognava molto, poiché non era abituato alla cuccetta angusta e al soffitto basso della cabina.

Un mattino si trovarono di fronte le isole di Capo Verde, le prime terre avvistate nei cauti viaggi di scoperta del medioevo, senza bussola né sestante. Ora offrivano il primo approdo in un viaggio che si spingeva cento volte più in là. Tuttavia Camões le guardò con la sensazione di essere già infinitamente lontano dalla patria e come un'ultima possibilità di fare ritorno, di scampare a una catastrofe incombente. Provò lo stesso impulso di qualche mese prima, quando era partito da Lisbona per risalire il Tago, quello di far salpare la nave senza di lui e saltare a riva. Adesso era quello di lasciar partire la flotta senza di lui e sparire nell'entroterra.

Rimasero attraccati a Fogo per un giorno. Camões sbarcò da solo. La città era a fianco al molo. S'incamminò su per un grigio ghiaione rovente, spinto dal desiderio di scoprire cosa vi fosse dietro. Superò a quel modo altre due creste e riuscì poi a seguire una piega nel terreno, una striscia d'ombra che lo portò in una vallata, in un roseto più rigoglioso di quelli dell'Algarve. Trascorse il pomeriggio in quella solitudine odorosa, fra grotte di boccioli e fiori intrecciati, pensando di continuo: "La cosa migliore sarebbe togliermi la vita qui". E poi, quando invece se ne andò: "Questa sarà l'ultima cosa graziosa che vedrò in vita mia". Si affrettò a superare la cresta e, al calar del sole, discese la china di ghiaia ferendosi i piedi.

Saltò pericolosamente da una pietra all'altra, quasi sperando di slogarsi una caviglia. Lentamente risalì l'ultima cresta, si sedette e cercò di addormentarsi, forse la nave sarebbe partita senza di lui. Poi udì delle voci, gli sfilarono accanto due uomini, Juromena e Margado, che a bordo avevano sfoggiato grande lusso, ogni giorno un abito diverso, tre lacchè... Camões sgattaiolò a bordo, spaventato dalla propria viltà.

La nave era lungi dall'essere pronta a ripartire. Nella cabina persisteva il caldo diurno, per tutta la notte si udì un baccano assordante.

Luís fece un sogno.

La mia dignità è svilita; sono inferiore agli altri e devo lavorare e obbedire per una paga da fame. Eppure sono più potente di quando a fatica abbinavo parole e le ordinavo sulla carta. Ora le scaglio nello spazio: percorrono distanze infinite, su una vibrazione che la mia mano produce con noncuranza. Fanno il giro del mondo, atterrano dove desidero, come semi dal cielo. E allora perché non mi sento Dio, ma un uomo perduto e umiliato tra coloro ai quali devo obbedire?

Si svegliò. Il baccano dello stivaggio era cessato. Riprese sonno.

Il sogno tornava ogni volta. Ora indossava sulla testa uno stretto cappuccio, poi aveva la sensazione che la nave non fosse più di legno, ma di ferro rovente, e governata da esseri mai visti prima sulla terra, bianchi, che però parlavano altre lingue e indossavano strane vesti attillate.

Si svegliò. Lo stivaggio proseguiva con maggiore intensità. Mancava poco al mattino e ancora non si era pronti.

Di nuovo quel sogno... Ora dei visi gialli si accalcavano nell'angusta cabina, già ricolma di oggetti bizzarri, sempre di più, fin quasi a farla scoppiare. Non succedeva, ma veniva compressa ogni volta di più. D'un tratto la cabina era su una grande piana deserta, pronta a esplodere da un momento all'altro.

Si svegliò. Stavano issando la catena dell'ancora; gli uomini all'argano cantavano. A quel punto Camões scivolò in un lungo sonno privo di sogni e si risvegliò solo quando la nave fu in mare aperto. Il roseto era laggiù, oltre le montagne grigie, ormai a malapena visibili sul mare.

Il giorno seguente nella stanza dell'ammiraglio vennero aperti gli ordini sigillati. Innanzitutto le istruzioni consuete: fare scalo in Mozambico, imbarcare frutta e se possibile schiavi, abbandonare i malati. Poi c'erano alcune lettere per il governatore di Calicut e per il viceré di Goa. Di norma questo era tutto. Stavolta, però, trovarono nella cassetta un altro paio di documenti. Cabral e il capitano parvero insoddisfatti, a nessuno dei due piaceva leggere, specie quando si trattava di ordini. L'ammiraglio guardò il primo documento, poi lo passò al capitano, ma questi preferì non sforzarsi e domandò cosa ci fosse scritto.

"Il viaggio non finisce a Goa, dobbiamo proseguire fino a Malacca; le navi rimaste indietro dovranno andare direttamente lì dal Mozambico".

"Nella Malacca c'è da trarre più profitti che a Goa, dove siamo già da cinquant'anni, la Malacca è ricca e la popolazione debole".

"Non ci fermeremo neanche a Malacca, di lì dobbiamo andare a Macao".

"Non è mai successo, che d'un tratto una nave debba arrivare da Lisbona fino a Macao. Del resto è impossibile: la carena si sta incrostando troppo. A Malacca dovremo passare almeno un mese all'asciutto per ripulire lo scafo".

"Questi sono gli ordini. A Malacca non possiamo fermarci più di una settimana".

"C'è dietro qualcosa, leggiamo l'ultima lettera, magari quella farà chiarezza". Era un ordine che recava il sigillo reale. Cabral sembrò scosso dalla lettura. Si passò la mano sulla fronte, lo porse al capitano e disse: "Leggete voi stesso".

Il capitano scoppiò in una risata e disse: "Lo sospettavo!". Ma di colpo smise di ridere. "È ovvio che lo vogliono il più lontano possibile… per questo ci tocca puntare verso quell'angolo remoto, anziché fermarci nei tranquilli dintorni. Sempre che non finiremo in un tifone, o saremo costretti a consegnare tutto il nostro carico – laggiù hanno bisogno di ogni cosa. Poi in Giappone con la stiva vuota, piena al ritorno, ed ecco che saremo in mare per un anno, senza aver ricavato che qualche commissione di trasporto. E tutto a causa di quel reietto. Fossi in voi, lo abbandonerei in Mozambico".

"Non è questo che prevedono gli ordini".

"L'importante è che sparisca: prima è, meglio è".

Camões fu convocato nella stanza. Cabral, con in mano la lettera, lo guardò impietosito.

"Questo riguarda voi, Dom Luís. Il re vuole che proseguiate il viaggio da prigioniero e che in Estremo Oriente prestiate servizio come soldato".

Camões li fissò senza capire.

"Leggete voi stesso". L'ammiraglio gli porse la lettera. Nella grafia elegante e lo stile asciutto del segretario privato traspariva la smania di vendetta del re (o la gelosia dell'*infante*).

Si accese una disputa sul significato di 'prigioniero'. L'ammiraglio voleva che Camões rimanesse in cabina e di sera, sotto scorta, avesse accesso al ponte, mentre il capitano era del parere che andasse rinchiuso nella stiva e lasciato lì incatenato fino all'ora dell'arrivo. Del resto la sua destinazione, quella di diventare soldato, faceva di lui un prigioniero comune.

L'ammiraglio fece valere la propria autorità. Fino al Mozambico Camões rimase nella sua cabina. Dal finestrino fu ancora in grado di vedere il porto.

Quattro giorni dopo la nave era ferma, con tutte le bandiere che sventolavano a mezz'asta. Dal cassero la salma dell'ammiraglio, accompagnata dal canto di una litania e dal boato di tutti i cannoni a bordo, quasi cento, fu calata nelle acque dell'Oceano Indiano. Quello stesso giorno Luís de Camões venne spostato giù nella stiva, in un angolo umido e maleodorante approntato per gli ammutinati e i ladri. Così trascorse la seconda metà del viaggio. Da Goa a Malacca non vide niente; la nave all'ancora, il trambusto ovattato che arrivava fino a lui fu tutto quello che percepì dei due porti.

Fu questo il suo glorioso ingresso in Oriente.

Mentre altri prigionieri creavano gabbiette per uccelli da noccioli di frutta o modellini di navi da schegge di legno, lui passava il tempo forgiando strofe per il poema che credeva di aver rinnegato per sempre. Poiché non scorgeva nulla delle terre straniere, dovette arrangiarsi – al pari degli altri prigionieri con utensili improvvisati – con la mitologia per dar colore e coerenza al suo racconto. E con riluttanza vi si rifugiò. Tuttavia, cominciò lentamente ad affezionarsi all'opera, l'unica cosa che lo aiutava in quelle ore interminabili.

La traversata dal Mozambico alla Malacca durò quasi due mesi; i venti erano sfavorevoli. Due mesi! Poco a poco Camões dimenticò di aver vissuto sulla terraferma e da uomo libero. Era come se da tempo immemorabile fosse rannicchiato in quella stiva ondeggiante, con un pezzo di carta sgualcito sulle ginocchia dolenti.

III

Ilha Verde

Tre giorni dopo aver lasciato la rada di Malacca fui messo in libertà. Non sopportavo la luce, all'inizio faticavo a muovermi, ma non ero abbattuto né amareggiato all'esasperazione; ero deciso a tenere duro, a sfruttare l'opportunità di negare al re la soddisfazione di vedermi languire ingloriosamente. Speravo che un giorno, fossero anche passati molti anni, sarei tornato per occupare un gradino più alto della nobiltà grazie alle mie fortune. Speravo di trovarlo ancora sul trono, vecchio, fiacco e mesto... devastato dalle malattie e a capo di un paese impoverito, quando mi sarei presentato da lui insieme ai miei compagni di viaggio. Le nostre cicatrici sarebbero state talmente numerose da non lasciare spazio per le onorificenze; i trionfi alle nostre spalle talmente grandiosi da far apparire il Portogallo un paesucolo di terz'ordine! Dopo quest'ultima visita da figlioli prodighi, saremmo salpati ancora una volta, senza rimpianti e carichi di ricchezze, per fare definitivamente ritorno nelle terre da noi conquistate, e lì morire circondati dal lusso e con in mano il potere.

Ma adesso a cosa mi serviva tutto questo, dovevo arrampicarmi sull'albero con gli arti indolenziti per aiutarli ad ammainare le vele, bracciare i pennoni e sbrigare altri lavoracci che non avevo mai imparato.

Prima che mi imprigionassero, ponte e alloggi brulicavano di uomini. Chi non era di turno intralciava gli altri. Ora rimanevano a stento braccia sufficienti per governare la nave. Serviva perfino l'aiuto degli schiavi negri. Forse che malattie e diserzione avevano talmente decimato l'equipaggio da rendere prezioso ogni uomo? Uno dei medici di bordo mi disse che la maggior parte delle vittime erano state causate dallo scorbuto. Il nuovo ammiraglio era un tipo energico. Per guadagnare tempo, non ci si era fermati in Madagascar, dove in genere venivano caricate carne e verdure per la lunga traversata. Le provviste erano insufficienti. Poi arrivò la grande moria: a centinaia in pochi giorni. Molte navi avevano perso più della metà dell'equipaggio. Non c'era abbastanza tela per avvolgere i corpi, né piombo per fare da zavorra, né tempo per mettersi ogni volta alla cappa. Tutte le mattine si faceva pulizia: sei marinai, che facevano quel lavoro per il triplo della paga, trascinavano i cadaveri nell'interponte e li spingevano fuori da una cannoniera aperta. La processione di squali al seguito delle navi s'infoltiva sempre più.

Come avevo fatto a sopravvivere là sotto, dove non batteva mai il sole e ai pasti non veniva mai dato un frutto? Esisteva forse un tacito accordo tra le sventure per decidere chi avrebbero colpito e chi no?

Per mantenere in salute i superstiti, e giacché eravamo prossimi all'arrivo, ora venivano distribuiti ogni giorno un limone e un cetriolo. Li mangiavo con più gusto delle pietanze squisite a cui ero abituato un tempo. Mi godevo la libertà – soprattutto il vento – e non mi lasciavo abbattere dalla stanchezza, dai palmi sfregiati, da occhi e gengive infiammati. Speravo che una tempesta mi liberasse per tempo, poiché sapevo che a Macao mi avrebbero risbattuto in prigione all'istante.

Una volta, mentre spazzolavo il ponte, mi passò accanto il capitano. Era smagrito, notai con soddisfazione. Mi fermai, senza farmi da parte, e lo guardai negli occhi. Fece per saltarmi alla gola, ma ci ripensò, sputò sul ponte e proseguì. Entrambi avevamo corso un pericolo mortale: lui per le mie mani ansiose, io per il cappio di canapa che era sempre appeso, pronto per l'uso. La sua viltà lo aveva salvato e salvò anche me.

Da Malacca il tempo era rimasto calmo. Il mare era più tranquillo rispetto all'altro lato dell'arcipelago, e c'era spesso bonaccia. Il vento era debole ma costante. Un giorno navigavamo lungo la costa della Cambogia, l'indomani il mare era di nuovo deserto e sapevo che, appena avessimo avvistato un'altra riva, con la fine del viaggio sarebbe ricominciata la mia prigionia. Il tempo era sempre più tranquillo, il vento leggero, il mare pareva stendersi dalla pigrizia in lente e lunghe onde, e a bordo si temeva sempre più che quella bonaccia ingannevole avrebbe generato una burrasca, giusto a ridosso della costa di Macao. Più c'era calma, più cresceva il timore che prima dell'arrivo ci saremmo imbattuti in una tempesta.

Era Pasqua. Fu celebrata una messa solenne; venne portato in processione il sacro vessillo benedetto dal papa. Chi voleva poteva baciare l'orlo dello stendardo. La maggior parte lo fece, per ogni evenienza.

Sporgendomi dal parapetto vidi in lontananza una costa azzurrognola: Hainan. Altri tre giorni, se tutto andava bene.

Il cielo era azzurro e sereno come quella costa, c'erano solo poche nubi basse e vaporose che parevano ammassarsi in un punto d'incontro sepolto sotto l'orizzonte.

Di notte arrivò la tempesta. A mezzanotte, quando staccai dal mio turno di guardia, era ancora calmo ma nerissimo e afoso, come se la luna piena e un sole tramontato in fiamme fossero soffocati nel denso strato di nubi e l'incendio dei corpi celesti covasse vicino alla terra, senza divampare. Negli alloggi non c'era quasi più nessuno, la maggior parte dell'equipaggio dormiva sul ponte o nei cannoni, che all'interno trattenevano sempre un po' di fresco. I malati gravi e i moribondi che stavano nelle cuccette, quando mi sentirono passare implorarono di avere dell'acqua. Gli diedi quel che trovai, poi crollai anch'io, estenuato dall'afa, oppresso dal presentimento di svegliarmi di nuovo e di non riuscire più a prendere sonno per parecchio tempo. Non doveva essere passato molto, mi risvegliai sull'assito che separava gli alloggi dalla prua. Dei malati mi avevano afferrato, poi quel pavimento di tavole si tramutò in soffitto. Rotolammo all'indietro, gli alloggi erano già mezzi allagati, mi aggrappai alle scale senza mollare la presa, mi scrollai di dosso tutto e tutti, poi – coperto di lividi, graffi e forse infetto – raggiunsi il ponte.

La polena e le croci non furono d'alcun aiuto. Chi ci badava ancora, in quel vento che di colpo sembrava arrivare contemporaneamente da ogni direzione, ricacciando il fiato nella bocca e schiacciando sul ponte qualunque oggetto non fissato, e un attimo dopo risucchiava tutto verso l'alto, come se l'atmosfera cercasse di sfuggire da quest'angolo di terra?

Le onde arrivarono dapprima piuttosto lente e regolari come montagne che si innalzavano dall'acqua, la nave scivolava senza sbalzi dalla cresta ai piedi dei cavalloni e viceversa, a volte impennandosi, a volte quasi distesa sul fianco. Poi fu circondata da montagne d'acqua che le crollavano tutte addosso, sommergendola di continuo.

All'inizio fui grato di ciò che stava accadendo, di poter vivere quella violenza, di veder distruggere la nave che mi aveva tenuto prigioniero per sei mesi, dov'ero stato privato di tutto ciò che possedevo, perfino del nome e della camicia; ma nel giro di cinque minuti l'ebbrezza della liberazione era passata e non feci che desiderare pace e tranquillità, la mente aveva smesso di pensare.

Quando la tempesta si placò, la costa era ancora in vista. Il vento era di nuovo calato, ma le onde continuavano ad alzarsi ben al di sopra dello scafo. Di notte avvistammo un tremolio di luci sparse, sormontato da un grande bagliore costante: ecco lì Macao con il suo faro. Temevo che, nonostante tutto, saremmo finiti per approdare in un porto sicuro. Mi nascosi in un angolo del cassero, alcuni superstiti erano stesi contro la balaustra. Ma la nave non avrebbe visto la luce del giorno. Verso le quattro venne sollevata e scagliata contro la costa, poi ricadde indietro; i cannoni nella stiva rotolarono da un fianco all'altro, da alcuni partirono dei colpi. La *São Bento* affondò in fretta, trascinando con sé la maggior parte degli uomini a bordo. Solo chi fece in tempo ad afferrare una tavola o un galleggiante riuscì a tenere la testa fuori dall'acqua. Io rimasi a galla grazie a un barilotto, che tenevo pronto da un po'. Dentro c'erano alcune gallette. E anche... la mia opera.

Di nuovo fece giorno, questa volta su acque deserte. La costa era lontana, l'isola contro cui avevamo cozzato era svanita. Cominciai a sentirmi esausto, nell'acqua il barile ruotava e mi sommergeva di continuo. Ma la sensazione che ancora non sarei morto in quell'avventura mi fece resistere e, dopo alcune ore, capii che le onde mi spingevano in direzione della baia. Ormai in lontananza riuscivo a distinguere la città, non diversa da un piccolo porto spagnolo o portoghese. C'erano poche navi in rada, ma molte giunche del tipo che avevo già visto: prua bassa, poppa alta, vele massicce. La città mi parve un pezzo di patria: avrei preferito vedere un porto cinese.

Di fronte, a chiudere parzialmente la baia, c'era un'isola allungata, dagli argini bassi, con al centro una montagna alta forse cinquecento metri. Sembrava quasi deserta, disseminata di boschetti – avrei potuto trovarvi riparo? Pian piano feci rotolare la botte in quella direzione e dopo infiniti sforzi raggiunsi la spiaggia, un po' a nuoto, un po' facendomi trascinare. Arrancai verso terra con le mie cose sulle spalle. Davanti avevo dei cespugli. Mi addentrai per un centinaio di metri, ma non riuscii a proseguire, sopraffatto dal sonno.

Mi risvegliai in un tenue crepuscolo che scurì rapidamente, e così rimasi immobile. Nel cuore della notte uscii dagli arbusti e strisciai fino alla spiaggia, ma sul lato opposto non vidi luci. C'era foschia? Avevo gli occhi appannati? La gente temeva un attacco? A ogni modo, il fatto che le luci non bruciassero più mi turbò. Per giunta mi sentivo tanto debole che quasi non riuscivo a fare un passo, ma ero prigioniero di quell'isola e decisi che l'avrei esplorata quella notte stessa. Ora la luna rischiarava un po'. Mangiai un pezzo di galletta, ma per quanto fossi stremato pareva che l'appetito mi avesse abbandonato. Capii di essere malato e mi colse il timore che presto la malattia avrebbe preso completamente il sopravvento. Mi dolevano le ossa, le gengive erano gonfie e sanguinanti, il sapore di sangue in bocca mi dava la nausea. Quindi m'incamminai, barcollando. C'era un silenzio di tomba; il mare, ora calmissimo, mormorava in lontananza. Non vedevo case da nessuna parte, né trovai un sentiero. Mi arrampicai per un lieve pendio, da un boschetto udii un muggito sordo. Tra quegli alberi c'era forse una casa?

Vidi una giovane mucca legata a una corda. Liberai l'animale, ma ci ripensai in tempo, la legai di nuovo e provai a mungerla. Di colpo ricordai che il latte crudo è la medicina contro lo scorbuto: quasi mi ero lasciato sfuggire la mia opportunità di sopravvivenza! Il poco che a fatica ingoiai – quasi non riuscivo più ad aprire la bocca – mi giovò. Fissai nella mente il punto dove si trovava l'animale e proseguii. Arrivai ai margini di un campo con coltivazioni regolari. Non conoscevo quella pianta, però la mangiai, cruda e non lavata, in cerca di salvezza – rischiando così una malattia peggiore.

Vagai finché un nuovo pericolo mi minacciò, quello di essere visto, poiché stava di nuovo facendo giorno. Trovai una fenditura nella roccia e passai la giornata a dormire o patendo i crampi. Ogni tanto sbirciavo fuori, non vidi mai anima viva.

La notte seguente la mucca era scomparsa, ma trovai un altro tipo di tubero, migliore, e finalmente m'imbattei in un'abitazione. Nel corso della giornata successiva la osservai dagli alberi. Pareva abbandonata. Col buio feci irruzione all'interno, trovai del cibo in vasi di terracotta, era troppo disgustoso. Solo allora presi coscienza della situazione disperata in cui mi trovavo: la mia gente mi avrebbe rinchiuso in prigione, i cinesi non mi capivano, non potevo vivere mangiando il loro cibo. Tornare in mare era impossibile. Mentre riflettevo su queste cose, sentii un fischio nelle orecchie e crollai a terra. Cercai di rialzarmi ma non ci riuscii e rimasi disteso sul pavimento di argilla bitorzoluta.

IV

I contadini cinesi che, di ritorno dal lavoro nei campi, si trovarono in casa il barbaro biondo, non lo uccisero né lo consegnarono alle autorità. Lo lasciarono girare a piacimento, senza impedirgli di raccogliere e mangiare gli ortaggi, o di prendere gli avanzi dalle loro ciotole. Dalle loro espressioni o dai gesti non si capiva se lo vedevano. Per Camões quella negazione della sua esistenza era ancora più dolorosa dell'ostilità o della prigionia. Era come se fosse caduto su un altro pianeta, i cui abitanti, dotati di altri sensi, non percepivano la sua presenza. In nessun modo, con sorrisi, gesti o parole, riusciva a entrare in contatto con il mondo esterno. Era una solitudine più terribile che in mare aperto o in un deserto di ghiaccio, più opprimente della reclusione nella stiva. Tuttavia, nel mezzo di quel tormento dell'animo, recuperò man mano le forze fisiche. Guidato da un istinto, si trascinò su per la china fino al punto più alto dell'isola. Il pendio non era ripido, ma lui era ancora così debole che gli ci vollero giorni. Sul lato della città la montagna digradava piuttosto bruscamente, la sommità svettava sulla baia e sui dintorni. Solo allora Luís poté dare uno sguardo al nuovo mondo.

Malgrado il suo stato miserevole, quell'ampia veduta gli diede un certo senso di liberazione. Tutt'intorno c'erano isole, in lontananza si scorgeva la terraferma; sul versante opposto la città era adagiata su tre colline. In cima, il faro che aveva continuato a splendere sul buio del centro abitato; sulla seconda collina i bastioni della cittadella inghirlandavano un angolo; sulla terza si ergeva la cattedrale con una grande croce sopra. Ai piedi c'erano gli edifici bianchi, marroni e grigi del centro, inframmezzati ancora da parecchi massi e macchie di vegetazione. Al largo le acque pullulavano di folte schiere di giunche; nemmeno quando una tempesta atlantica costringeva la flotta di pescatori a riparare nel Tago si vedevano tanti alberi tutti insieme.

Sotto di lui, sull'isola, i tetti delle capanne parevano selle appuntite scagliate dall'alto; sulla spiaggia, bene in secca, si vedevano i sampan. Luís esaminò la riva fin dove gli riuscì e alla fine, in un bosco, scorse qualcosa che somigliava a un tetto bianco. Gli fece lo stesso effetto di una vela su un naufrago alla deriva: volle raggiungerlo, senza darsi conto se appartenesse a un corsaro o a un vascello amico. Scese dalla cima e cercò di seguire il sentiero più diretto. Dovendo però evitare i villaggi e i burroni, finì per perdere completamente la strada e fu costretto a tornare sulla cima per ritrovarla; quando ridiscese, cercò di tenere la rotta, ma si smarrì nuovamente.

Verso notte, troppo stanco per proseguire o trovare un nascondiglio, scavò una buca in un campo e si coprì di foglie, ma non riuscì a prendere sonno per la febbre e la spossatezza. Più tardi, da molto lontano, gli giunse all'orecchio un canto etereo. Si mise a sedere, in ascolto; doveva essere il vento notturno a trasportare quel suono, poiché negli intervalli di quiete non si udiva. Camões balzò fuori dalla buca e s'incamminò nel vento, fermandosi quando zittiva e proseguendo quando riprendeva. Il suono si faceva via via più flebile, quando cominciò pure a piovere si smorzò ulteriormente e lui si ritrovò nello stesso campo grigio. La direzione era cambiata, anche il vento e la pioggia cospiravano contro di lui. Trascorse una giornata nella buca. Di notte il canto ricominciò: finse di non sentire e masticò qualche tubero; il suono crebbe, e lui strisciò in fondo alla buca, ma visto che continuava infine sollevò la testa. Non c'era un alito di vento che potesse confonderlo; s'incamminò cauto verso quel suono, s'accorse che stava procedendo nel letto di un ruscello. All'improvviso il canto cessò, ma lui continuò a seguire il corso d'acqua e arrivò davanti a un alto muro. Lo percorse a tentoni, ma le mani non trovarono una porta; d'un tratto il terreno finì e Camões si ritrovò con l'acqua alle ginocchia. Cominciò quindi a esplorare il muro nella direzione opposta. Finì nuovamente nell'acqua, tuttavia notò che non diventava più profonda; stava anche spuntando la luna, perciò decise di proseguire. Il muro alla fine curvava verso l'interno. In quella luce riuscì a distinguere una piccola cupola, appena sopra l'acqua: un esile tetto arcuato su sei sottili colonne, tra cui pendevano intrecci di fiori, che a tratti oscillavano al vento.

A fatica Camões si issò sulla cupola, poi dovette sdraiarsi per recuperare il fiato. Quando si rialzò, vide che gli abiti sporchi e bagnati avevano lasciato sul mosaico del pavimento i goffi contorni del suo corpo. Fu come se di colpo vedesse allo specchio il suo essere presente; cercò di cancellare la chiazza dal pavimento bianco, non vi riuscì e per un istante la malinconia ebbe la meglio sulla sua mente inebetita, ma fu subito scacciata dall'impulso a proseguire.

Su tre o quattro massi era stato costruito un ponte strettissimo, privo di parapetti, che portava alla riva. Al di sotto le onde vorticavano intorno alle rocce. Camões l'attraversò con passo incerto e di nuovo si trovò di fronte a un muro. Al centro un'apertura ovale con sbarre ricoperte di lunghi rampicanti dava sul verde di un giardino.

Smosse le sbarre una a una, ma quelle non cedevano. Perché voleva entrare lì dentro, dove poteva esserci una prigione? Del resto, c'era forse una prigionia peggiore della fame e della solitudine nel mondo esterno? Mentre era aggrappato alla sbarra più esterna, scivolò; le sbarre ruotarono e con un capitombolo si ritrovò nel giardino. Il cancello si richiuse alle sue spalle, fu respinto da rami e fogliame, tra il muro e le siepi più esterne quasi non c'era spazio per lui; aromi sconosciuti lo angosciarono come il presentimento di un'esistenza soggetta a condizioni tanto dure che mai sarebbe stato in grado di soddisfare.

Capitolo quinto

I

Se fosse facile suscitare la morte solo pensandoci, così come accade per l'amore, sarebbero in tanti ogni notte a restare nel letto senza mai più rialzarsi. Il corpo tuttavia è troppo potente: al minimo movimento – un fucile impugnato, poche gocce versate in un bicchiere – si ribella e rivendica la sua indolenza e il suo attaccamento alla terra, forse più che mai se gravemente ammalato. Per fortuna lo spirito riesce a liberarsi, anche se non subito in eterno, ad attraversare il fiume dell'oblio, a lasciare la sofferenza sulla sponda opposta e, una volta riunito al corpo, non riconosce più cos'ha sopportato in sua compagnia, nella sua prigionia.

Specie quando uno ha appena attraversato un oceano, senza aver visto né sentito odore di altro che non fosse acqua, cielo o legno marcio, e poi rimane stordito da tre giorni di tempesta e settimane di fame e vagabondaggio.

Forse tra le erbacce cresciute nei dintorni c'erano a portata dieci veleni mortali. Non le raccolsi.

Quando finalmente riuscii ad alzarmi, mi rotolarono di dosso foglie secche e zolle di terra, si levò in aria uno sciame di insetti e vidi lunghi vermi strisciarmi pigramente sulle gambe.

I parassiti abbandonarono il corpo che aveva tenuto un piede nella fossa ma non voleva più essere cadavere. Tra il muro e gli alberi c'era un angusto sentiero profondo che si poteva percorrere solo camminando di lato, e anche così il corpo doveva strisciare contro il muro, come fosse completamente cieco. I rami, con le loro spine ed escrescenze ricurve, ridussero a brandelli gli stracci che mi vestivano; le ortiche mi provocarono bruciore e sfoghi pruriginosi sulle porzioni di pelle risparmiate dalle zanzare.

In quello stato pietoso mi ritrovai infine in un luogo tra gli alberi che un tempo era stato una radura; tronchi abbattuti uno sull'altro, un fitto groviglio di liane occupava lo spazio ad altezza d'uomo. Sul lato opposto si apriva un sentiero.

A fatica mi feci strada per raggiungerlo. Lo percorsi fino in fondo e arrivai di fronte a un edificio cadente di un solo piano, però di mattoni. Era la casina di caccia dove una volta mi ero incontrato con lei. Non sapevo altro, poteva essere estate o più probabilmente autunno, poiché tremavo ed ero ricoperto di fredda brina.

Lì dentro sarei stato al caldo e al riparo dagli insetti, da solo, senza gente intorno, senza il baccano che avevo sentito nei villaggi dell'isola, di cui mi sfuggiva il significato. La porta era chiusa, ma la finestra sul retro di solito era aperta, e lo era anche adesso. Diana non sarebbe più tornata qui. Tanto meglio. Gli interni erano stati rifatti, tutte le stanze erano collegate tra loro. Preferivo com'era prima, quando tutte si aprivano sul cortile; così uno sapeva sempre dov'era, poteva chiudersi la porta alle spalle, scappare quando si veniva assaliti. Ma non importava: c'era il grande letto di legno grezzo, una brocca d'acqua, verde e maleodorante – non andava bene per dissetarsi, ma era utile per tamponare le zone più infiammate.

Mani tremanti mi sfilarono dal corpo gli ultimi brandelli di vestiti, sul pavimento giaceva un mucchietto di stoffa. Non c'era più nulla dell'uomo che aveva solcato i mari per cingersi di gloria, se non il corpo livido ed emaciato. A coprire la mia vergogna c'era solo un sonno profondo e pesante che non mi abbandonò nemmeno quando mi svegliai.

Non riuscivo a muovermi. Attraverso le tende fili di luce, incrociati e paralleli quasi a formare un graticcio, svelarono una figura rannicchiata contro il muro di fronte, che mi fissava con stretti occhi verdi e luccicanti. Nella stanza aleggiava un profumo, non d'incenso, più forte e più inebriante...

Rimasi immobile per ore, non per paura della guardia, ma per timore di rompere il muro di silenzio e ricadere in un'esistenza che speravo di essermi lasciato alle spalle.

Un'improvvisa folata di vento fece spalancare le tende. Nella nicchia, al posto della statua di san Sebastiano, c'era un santo ben diverso da quelli che avevo visto fino ad allora, dalla figura emaciata e contorta, con membra ascetiche e un'espressione di estasi sul volto cadaverico e scavato. Questo pareva farsi beffe delle vecchie conoscenze e della situazione in cui mi trovavo.

Mi alzai e vidi che d'un tratto san Sebastiano era rientrato in fondo alla parete della stanza; sembrava aver sofferto molto dall'ultima volta che l'avevo visto, era stato vicino alla morte, ma ormai doveva essersela lasciata parecchio alle spalle. Mi avvicinai, in passato l'avevo disprezzato, ora provavo simpatia per lui. Di certo l'aveva capito, anche lui mi venne incontro. Eppure mi intimoriva, allungai la mano, non so se per salutarlo o per ricacciarlo indietro. Era la mia figura, riflessa in uno specchio corroso. Mi voltai: il pingue santo era ancora immobile sulla sua sedia bassa, i polpastrelli giunti, ma con la pancia che gli ricadeva abbondante sulle cosce e un bel sorriso in bocca, come se, beffandosi della sua santità, avesse appena finito un lauto pasto e si pregustasse già il successivo. I trofei di caccia, le corna d'alce, le pelli d'orso e di volpe erano state portate via. C'era un'ampia tela dipinta, a quanto potevo vedere raffigurava un vecchio – calvo, con lunghi baffi, a dorso di un cavallino – che con l'ausilio di un bastone incurvato porgeva un libro a due figure inchinate sulla sponda opposta di un ruscello viola: tutto ciò che prima della sua dipartita poteva essere trasmesso a chi restava. Al posto delle lance e delle spade erano appesi ventagli e code di pavone. L'arredamento antico e massiccio era stato sostituito da snelli mobili di vimini laccati, di alcuni dei quali mi sfuggiva la funzione. Per servirsene sarebbe stato necessario cambiare abitudini e movenze.

Invece di rallegrarmi perché il vecchio mondo, che non aveva portato nulla se non sciagure e tristezza, era scomparso completamente e per sempre, fui assalito da un'incontenibile malinconia, come un mare che sommerge una nave che affonda, come un secondo naufragio.

Solo il letto era lo stesso, su questo avrei potuto giurarci, e rimasi disteso come su un'isola, l'unico superstite dopo un diluvio che ha fagocitato ogni cosa.

Poi, con un brivido, mi resi conto di essere nudo. Davanti al letto vidi dei vestiti, li presi e li indossai. Mi ricadevano addosso formando ampie pieghe. Era un'uniforme: sulle maniche e sulle spalline erano fissate le decorazioni che prima della partenza avevo sperato di conquistare. Era forse uno scherzo? La fodera ruvida sfregava sulla pelle ferita e irritata: quegli abiti mi umiliavano più di qualunque altra cosa potessi ricordare – in un impeto di rabbia me li tolsi. Piuttosto che indossarli sarei rimasto nudo per il resto della vita. Il resto della vita, quanto sarebbe stato? Ma c'era dell'altro davanti al letto: cibo. Lo divorai. Afferrai la brocca, forse sul fondo c'era del deposito, ma bevvi acqua fresca.

Sul pavimento c'era un altro indumento, una veste lunga e ampia. La indossai, potevo tollerarla, ma di nuovo stentai a riconoscermi. Eppure non la tolsi, mi calai giù dalla finestra e mi ritrovai nel bosco. Almeno il regno vegetale non era diventato del tutto estraneo.

Venni però aggredito da intensi profumi sconosciuti e continuai a incespicare su radici insidiose, intralciato dalla lunga veste. Volevo riposare, nascosto tra gli alberi, ma non era più autunno, ora faceva caldo; cercai l'ombra, ma il fogliame emanava vapori roventi, la terra sembrava riscaldata da dentro e viva, eserciti di formiche avanzavano da ogni lato, grosse formiche rosse che mordevano, i ragni si calavano giù dai rami – e ricominciò il ronzio delle zanzare. Fuggii, andai verso un punto senz'alberi, all'improvviso mi ritrovai davanti al cancello, tirai le sbarre per scappare dai tormenti infernali di quell'insopportabile paradiso, anche se fuori non vedevo altro che mare, l'altro inferno. Questa volta il cancello non si mosse. Di nuovo mi girai e imboccai un sentiero, ma di colpo le gambe cedettero, mi fermai come fossi divenuto un tronco d'albero.

Alla fine del sentiero, illuminata sotto le fronde da un fascio di luce, eccola che pareva una madonna in una nicchia verde: Diana.

Mi avvicinai a lei come una pantera alla sua preda. Ora non mi sarebbe sfuggita, non si sarebbe nascosta in una nuvola, né trasformata in un arbusto.

Non si mosse; sembrava china e concentrata su qualcosa... un fiore o un libro, che importanza aveva?

Ancora un balzo: lei si voltò, io barcollai indietro alla medesima velocità. Era Diana, ma aveva gli occhi sbiechi di una cinese.

II

Pilar non aveva più dormito da quando il padre se n'era andato e la sua porta era sorvegliata. Lei stessa era all'erta per l'assalto che sarebbe arrivato. L'uomo che doveva impedire la sua fuga dormiva, o se non dormiva teneva gli occhi chiusi. L'oro è anche un buon sonnifero. Durava a lungo, ma Pilar conosceva anche un'erba che scacciava il sonno. Tuttavia fu sollevata quando finalmente vide che il soldato andava via dal giardino e poco dopo una figura corpulenta si arrampicava sui rami dell'albero. Adesso aveva un motivo per abbandonare la casa paterna.

Eppure ebbe qualche tentennamento, d'un tratto sentì su di sé una calma assoluta. Si affacciò di fuori nel crepuscolo; poi tornò all'interno e udì il tonfo sul balcone, uscì in corridoio e superò indisturbata la guardia che sedeva con le ginocchia sollevate contro il muro.

Si era appena fatto buio, Pilar passò accanto ai muri delle case. Ma prima di raggiungere il monastero fece una deviazione ed entrò nel quartiere cinese; tutta la popolazione era in strada. Quando passava per il centro di Macao veniva riverita ovunque e al contempo squadrata con irriverenza. Là nessuno badava a lei. Aveva indosso vestiti che avrebbero fatto infuriare suo padre ben più di quelli della Veronica. Gli ricordavano che lui, il portoghese, era stato sposato con una cinese. Ma lei si sentiva a suo agio in quegli ampi pantaloni di seta, con la casacca e un ciuffo che le scendeva sulla fronte.

Nelle viuzze c'era un gran trambusto, che tuttavia la tranquillizzò come fosse il mormorio del mare; era un balsamo dopo il silenzio della prigionia domestica. Nella folla, nell'oscurità inframmezzata dalla luce tremolante della resina che bruciava, tra le sudice dimore inclinate, si sentiva al sicuro e a casa. Si ritrovò così davanti alla porta della sua bambinaia – non la vedeva da dieci anni – che ormai era sulla settantina, e ancor più grinzosa e sporca di allora. Venne accolta senza stupore, le fu data una stuoia e riposò per due giorni di seguito. Ma non poteva rimanere, perciò il figlio della bambinaia, che era muto come lo scafo su cui navigava e le lamprede che pescava, di notte portò la donna sull'altra sponda.

Pilar aveva solo un vago ricordo che lì c'era un giardino rigoglioso, una casetta di legno che suo padre chiamava *quinta* – facendo spesso seguire questa parola da un'imprecazione –, un ponte e una piccola tettoia di pietra sul mare. Ci andava spesso da sola con sua madre. La donna sedeva su una stuoia, beveva tè, fissava in lontananza e non le badava particolarmente. A volte c'era anche suo padre, allora sedevano sulle sedie, nelle afose stanze di legno, con fogli e documenti sparsi ovunque. Sua madre non diceva nulla, si limitava a guardarlo con compassione finché lui si alzava e andava in giardino. La madre si stendeva sulla stuoia, Campos vagava nel verde, spezzando rami e calpestando fiori. Poi si ubriacava.

Era per tutti un momento felice quando arrivava la scialuppa per riportarlo in città, sulla sponda opposta. Talvolta dovevano seguirlo entrambe, in alcuni casi la madre si rifiutava e il marito doveva prenderla di peso sotto il braccio e piazzarla davanti a lui su un bel cuscino. Ma la piccola

Pilar urlava e piangeva; il padre allora la metteva sotto la tettoia, e lei tornava indietro camminando incerta sul ponticello; a volte cadeva in acqua e doveva essere ripescata dalla bambinaia. Infine la scialuppa partiva tra le risate, e le due venivano finalmente lasciate tranquille sull'isola.

Da quando aveva dodici anni, dalla morte di sua madre, non c'erano più tornati e restavano sempre, estate e inverno, nella città afosa o fredda. Campos non aveva nostalgia del silenzio, del ricordo di come sua moglie lo guardava con un misto di disprezzo e compassione, dello strano sentimento che lo pervadeva quando era da solo tra gli alberi, come se lì bisbigliassero di lui, come se mille occhi lo osservassero. Non serviva rifugiarsi nel bere, o nel canto. Preferiva restare dove la sua autorità era indiscussa: tra i suoi consiglieri e ufficiali che concordavano su ogni sua parola.

Campos non parlò più della *quinta*. Forse ne aveva dimenticato l'esistenza. In ogni caso non vi avrebbe cercato Pilar, non poteva immaginare che lei, cresciuta come una bambina viziata, per quanto possibile in una colonia, sarebbe riuscita a vivere in una casa di campagna abbandonata che negli anni era probabilmente diventata una selva.

Il padre e lo spasimante fallito fissavano ossessivamente gli spessi muri del monastero immaginando lì dietro Pilar – la fuggitiva disobbediente, l'oggetto d'impotente bramosia – in pacata conversazione con i religiosi mentre passeggiavano per il chiostro. Ronquilho aveva a volte la visione di Pilar in una cella bianca, inginocchiata su un letto stretto sopra il quale era appeso un crocifisso. Poi lei si spogliava e la scena cambiava: Pilar inginocchiata davanti a una panca sulla quale era seduto lui, con la spada tra le ginocchia, l'elsa come croce. I suoi sensi insoddisfatti non gli evocavano la realtà: Pilar che vagava per sentieri silenziosi, muovendosi con più libertà e grazia di quanto avesse mai fatto, vestita leggera come mai l'aveva vista.

Con grande sorpresa della giovane, il giardino era inselvatichito e mezzo inaccessibile, ma la casa di legno non era stata saccheggiata, gli oggetti e l'arredamento, sebbene ricoperti da uno spesso strato di polvere, non avevano subito danni. La bambinaia le disse che gli abitanti dell'isola lo consideravano un tempio abbandonato, credevano che il fantasma di sua madre ancora lo visitasse e che fosse abitato dagli spiriti: continuavano infatti a sentire delle voci. Anche Pilar le sentiva, ma dopo qualche giorno capì di cosa si trattava: il vento che sibilava tra le crepe nei muri e gli animali che costruivano tane invisibili sotto le siepi troppo cresciute e nell'erba alta. C'erano altre dicerie che non riusciva a spiegarsi, ma non se ne preoccupò. Era più felice lì che nella casa paterna, su cui incombevano come un temporale imminente le costanti esplosioni di rabbia del padre, dove di rado passava un giorno senza che vi penetrasse lo scompiglio legato al suo incarico. Il pescatore portava le provviste preparate dalla bambinaia; in pochi giorni Pilar fece l'abitudine alla cucina cinese e mangiava quelle pietanze come se non avesse mai conosciuto altro. Era come se ogni giorno si allontanasse sempre più dal padre, avvicinandosi alla madre.

L'autunno era alle porte, il caldo era pesante solo nelle ore centrali della giornata. Al mattino e di sera poteva passeggiare per i sentieri freschi, vestita come voleva. Non si chiedeva come sarebbe finito tutto ciò. E perché mai sarebbe dovuto finire?

I limiti e la direzione della sua vita non le erano chiari, come ad altre donne. Sapeva che le cinesi, se non avevano qualche difetto, venivano vendute a un uomo che in genere non avevano mai visto e che dovevano servire per il resto della vita. A lei non era mai stato proposto nessuno a parte Ronquilho. Sembrava che in tutto l'insediamento non ci fosse un altro uomo in grado di soddisfare i desideri di suo padre – lei quello lì non lo voleva, ne era scappata via; altri non ne conosceva, dunque non avrebbe servito nessuno, non avrebbe avuto figli; ora il futuro della sua esistenza era per lei indistinto come le isole e i litorali che vedeva all'orizzonte: forse un giorno sarebbe riuscita a costeggiarli, ma non sarebbero stati granché diversi da quelli conosciuti.

Del paese chiamato Portogallo, da cui provenivano suo padre e altri uomini potenti, e pure i domenicani, aveva una rappresentazione altrettanto vaga. Aveva sentito che là le nobildonne vivevano come desideravano e avevano i propri svaghi, anzi, potevano far entrare un uomo nelle loro grazie o farlo penare per anni, a seconda di ciò che dettava loro il cuore o il capriccio – ma lei non capiva come fosse possibile. Non riusciva a capire che ci si potesse sottrarre a uomini come Ronquilho e suo padre anche senza fuggire, come aveva fatto lei; non riusciva a credere che in altri posti bastasse un semplice rifiuto per liberarsi dal loro volere.

Frequentava la chiesa perché era l'unica cosa al di fuori della piccola e rozza società dei soldati al governo. Se al posto del solo ordine domenicano a Macao ci fosse stata una compagnia di commedia dell'arte, lei si sarebbe necessariamente rivolta a quella, e invece del ruolo della Veronica avrebbe recitato quello di Genoveffa, Melibea o Sigismonda. Lontana da tutto, viveva ora in un vuoto che avrebbe portato una donna europea alla disperazione e ben presto al suicidio; lei invece, aiutata dalla metà mongola della sua razza, lasciava passare il tempo con indifferenza, non le importava quale direzione avrebbe preso la sua esistenza terrena, il suo corpo restava in vita, se la passava bene: cibo, più movimento di prima, i suoi occhi avevano le nuvole e il mare per far passare le giornate, la pelle beneficiava dell'acqua fresca, dove poteva immergersi indisturbata quando voleva. Tutto è soggetto al cambiamento, le rocce incrollabili, il mare con le onde che si infrangono sempre uguali per secoli, esattamente come la foglia che cade e l'efemera, ma in che modo e quando lei vi avrebbe partecipato non lo sapeva; finché il corpo veniva lasciato così tranquillo, la sua anima non avrebbe sofferto.

I preti gliene avevano parlato, ma lei non sapeva di averne una, conosceva solo l'angoscia corporea e ora il piacere. Sapeva che il suo corpo aveva parti più sensibili, più eccitabili di altre; lei non voleva che fossero amate, voleva essere immacolata. Le piaceva specchiarsi nell'acqua, però non si toccava. Non provava mai desiderio di un altro.

Tra i cinesi, a parte sua madre e lo Hao Ting che aveva visto qualche volta alle udienze, conosceva soltanto i servitori, tra i portoghesi solo coloro che governavano con la violenza o che vivevano in preghiera e apparente umiltà. Né gli uni né gli altri possedevano sentimenti in grado di emozionarla. Ma anche le figure che non conosceva, i cortigiani, i poeti e gli studiosi di Lisbona, l'avrebbero lasciata indifferente. Non capiva come la gente potesse ammirare eroi e poeti, arrivando addirittura ad amarli. L'idea che per un amore non corrisposto si potesse soffrire e restare infelici per anni, anzi, per tutta la vita, le sembrava più strana delle complicate cerimonie di un matrimonio cinese o di un funerale.

E se le avessero detto che, proprio mentre lei viveva tranquilla e tutta sola nella *quinta* inselvatichita, uno strano naufrago si aggirava per l'isola, patendo sofferenze indicibili perché nessuno lo capiva, nessuno lo guardava in faccia né faceva caso a lui, se ne sarebbe stupita e non avrebbe provato alcuna compassione.

III

Del tutto diverso fu quando inaspettatamente lo vide.

Durante il soggiorno nella *quinta*, e la bambinaia lo notò con segreta soddisfazione, Pilar divenne sempre più cinese. Aveva lasciato i capelli così come li aveva pettinati per camuffarsi durante la fuga, con il ciuffo sulla fronte; si sentiva a suo agio solo con gli abiti che le preparava la bambinaia, si truccava a lungo e con cura, con sé non aveva portato libri. I piedi, pur senza subire deformazioni, erano piccoli e snelli; scambiava solo qualche parola con la bambinaia su cibo e indumenti, non parlava più la sua lingua, né cantava.

Vedeva poco l'anziana donna, vegliavano a turno per fare la guardia. Da terra era impossibile che qualcuno tentasse un agguato senza essere visto, i dintorni erano ricoperti di vegetazione e circondati da rocce; dal mare un'imbarcazione sarebbe stata avvistata già da lontano. Di solito si mettevano in osservazione sul tetto della casa. Cosa sarebbe successo se fossero andati a cercare lì? C'era un pozzo infestato di rampicanti nel quale poteva nascondersi, oppure scappare con la bambinaia fino a Canton e diventare cinese a tutti gli effetti, e forse da lì risalire il fiume delle Perle per cercare Pedro Velho e mettersi sotto la sua ala protettrice. I pensieri di Pilar si rivolgevano lentamente in quella direzione.

Poi trovò il forestiero in una stanza inutilizzata della casa di legno. Quella notte aveva vegliato lei perché c'era la luna piena e nelle notti di luna non riusciva a dormire, e anche perché le piaceva vedere le onde che in quella luce scintillavano e si accavallavano come un branco di animali marini. Non si era subito accorta di lui.

All'inizio pensò che fosse morto. Non respirava. Non aveva l'aspetto degli uomini che conosceva, ma del *Cristo jazente* con le ossa sporgenti, il pizzetto rado, il pallore cadaverico e l'espressione addolorata. Tuttavia si disse che poteva essere solo un prigioniero in fuga o un disertore.

Lo lasciò là, per il momento non si sarebbe svegliato, o forse mai. L'indomani sarebbe arrivato il marinaio muto. Poteva caricarselo sul sampan e lasciarlo morire su qualche spiaggia deserta, sempre che non fosse già cadavere. In questo non trovò nulla di crudele: quanti uomini si vedevano morire ai lati delle strade, già coperti di mosche che non riuscivano più a scacciare? Anche la morte non era altro che un cambiamento.

Ma al mattino volle rivedere la sua faccia. Aveva ora un'espressione metà stizzita e metà affascinante. Non poteva essere come gli altri. Le era anche venuta curiosità di vedere gli occhi aperti. Gli mise accanto cibo e acqua, cosicché potesse trovarli al risveglio, e lasciò che il barcaiolo andasse via senza di lui, malgrado l'insistenza con cui la bambinaia la metteva in guardia dai pericoli. Lei stessa non sapeva bene cosa fare di lui: quasi sicuramente era un fuggitivo che voleva restarsene nascosto e avrebbe potuto essere d'aiuto nei turni di vedetta – ma se le avesse tradite?

Si fermò, raccolse un fiore e si mise a strappare i petali. Quando si rialzò, l'uomo era davanti a lei: la guardò dapprima felice, poi con aria di rimprovero. Parlò quindi concitato, un fiume di parole che Pilar comprese solo in parte; la lingua era quella che parlava suo padre, ma il suono, le frasi, tutto era diverso. Chiuse gli occhi per sentire solo la voce, per non vedere l'uomo malconcio ed emaciato di fronte a lei, le braccia magre che spuntavano dalla veste, gli occhi iniettati di sangue, le labbra spaccate e coperte di croste. La voce era roca, ma non rotta, sembrava perfino parlare in tono spregiativo di tutto ciò che era di là del mare a Macao e di chi la governava.

Così rimase in ascolto. Poi la voce si fece di nuovo triste, accusatoria e infine, poiché quella parte veniva ripetuta, Pilar capì che parlava di lei e che le stava muovendo dei rimproveri.

Questo la infastidì; scoppiò in una risata, balzò tra le vicine siepi e rimase a osservarlo attraverso il fogliame. L'uomo barcollò, tentò invano di ritrovarla, si mise una mano in testa, batté i piedi a terra e di colpo si girò. Imboccò il sentiero, ma non fece molta strada; dopo qualche passo rallentò, cercò appiglio su un tronco e vi poggiò la testa. Lentamente Pilar gli si avvicinò e attese con pazienza che alzasse lo sguardo. Lo trattava come un bambino tratta un animale ferito. Ma lui rimase immobile. Lei faceva scricchiolare i rami, lo stuzzicava, rideva. Alla fine l'uomo rialzò lo sguardo, ora inerme e silenzioso, ma sempre con un'espressione di amaro rimprovero.

Quando riprese a parlare, Pilar restò di nuovo meravigliata; non aveva mai sentito un tono simile: la voce del padre era sempre forte e imperiosa, quella di Ronquilho presuntuosa e stridula, i monaci avevano un modo di parlare untuoso e pieno di zelo, come fossero messali ambulanti. D'un tratto però comprese che il forestiero delirava e l'aveva scambiata per un'altra che le assomigliava ma aveva occhi diversi, di sicuro una portoghese. A quel punto cercò di calmarlo, ma poiché parlava il dialetto di Macao lui faticava a capirla. Eppure alla fine si lasciò accompagnare nella stanza in cui si era sistemato. Pilar chiamò la bambinaia, che conosceva un rimedio contro la febbre.

Il mattino seguente l'uomo sembrava più tranquillo, e Pilar tornò da lui. Quando aprì la porta, ebbe per un istante la sensazione di entrare di nuovo nella sua stanza, quella da cui era fuggita. Fece per richiudere la porta, ma ormai era tardi: l'uomo si diresse verso di lei, s'inginocchiò su una gamba e le prese la mano in segno di riconoscenza. Le domandò chi fosse e, poiché non aveva una casa né una spada, le offrì la propria vita. Lei lo invitò innanzitutto a presentarsi. Non le rivelò il suo nome, ma disse che era un nobile portoghese caduto in disgrazia.

"Siete un cavaliere alquanto strano se vi permettete di fare commenti del genere sul viso di una donna che conoscete da meno di un giorno in sua presenza: che sarebbe bello come quello di un'antica amata, se solo gli occhi fossero diversi. Non so cosa abbiate passato in Portogallo, forse la vostra mente è confusa. Ma vi dirò chi sono io: Dona Pilar, la figlia del *procurador* di Macao. Mio padre, poiché le donne portoghesi non si avventurano così lontano dalla madrepatria, ha preso moglie in una famiglia cinese. Per questo ho gli occhi di mia madre. Lei è morta, mio padre vuole costringermi a sposare un uomo che detesto; non ci sono che i domenicani a proteggermi, e loro stessi sono vittime di persecuzioni. Quindi sono fuggita qui, nella speranza che nessuno venga a cercarmi. Io e la bambinaia facciamo la guardia a turno contro gli agguati. Siamo stanche, e voi potete aiutarci. Presumo che anche voi temiate i pericoli dalla sponda opposta; tenete gli occhi aperti anziché pensare ai miei, io sono qui solo per scappare da un uomo, e non ne voglio un altro. Smettete di paragonarmi di continuo alla vostra antica amata o a un fantasma. Fate la guardia di notte e restate nella vostra stanza di giorno, allora potrete rimanere".

Camões fu lasciato da solo, triste d'aver appreso una verità che non lasciava spazio alla speranza. Rimase nella camera, a tratti frastornato come se da un momento all'altro la sua esistenza potesse esplodere, facendolo precipitare in situazioni prive di alcun legame con questa vita. Al calare del buio entrò la bambinaia, gli fece cenno di seguirla e lo portò al muro dove avrebbe dovuto stare di vedetta. La vecchia gli mise accanto vino e frutta e lo lasciò solo. Fece buona guardia sulla baia; ogni tanto passava qualche vela, ma nessuna si avvicinava. La città era ancora all'oscuro, solo dal faro proveniva un debole fascio di luce. Nel cuore della notte si spense anche quello, ma poco dopo, sulle scogliere buie, si accese nello stesso punto un fuoco che bruciò tutta la notte. All'alba, prima che potesse scorgere chiaramente la città, la donna cinese andò a dargli il cambio.

IV

Così andò per molti giorni e molte notti. A volte la luna rischiarava tanto i suoi pensieri, li placava al punto che si metteva a scrivere, ma non faceva mai molti progressi, era come se Diana e Pilar ai due lati lo osservassero con aria di scherno. Aveva fatto forse dodici turni di guardia, la luna era in fase calante, quando una notte il vento girò e prese a soffiare dalla città verso l'isola. Gli parve di sentire un trambusto; il falò non era stato acceso, ma sull'altro lato della città si alzava una grande colonna di fumo, che gradualmente si trasformò in fiamme. Doveva avvertire Pilar? Pensò che forse l'avrebbe trovata con gli occhi chiusi, girò intorno alla casa, vide una luce fioca e aprì le tende. Pilar era distesa sotto una zanzariera, svestita, ma non dormiva; nient'affatto turbata dal suo arrivo, si alzò con calma e si avvolse in un mantello.

"Sono già vicini?".

“Non stanno venendo qui”.

“E allora perché mi disturbate?”.

“C’è un grande incendio in città”.

Senza aggiungere una parola lo seguì fino alla spiaggia. Dapprima non vide nulla; era forse stato domato? Camões indicò nella direzione del fumo: in quel preciso istante il fuoco ricomparve, si levarono le fiamme. Pilar gli afferrò un braccio.

“È il monastero. Stanno scacciando i domenicani. Dev’essere per causa mia. Andate di là a vedere cosa succede”.

“Volete che vi lasci senza protezione?”.

“Stanotte non verrà nessuno e prima che faccia mattino sarete di ritorno”.

Camões prese il sampan ormeggiato vicino al muro e in un’ora e mezzo attraversò la baia; al ritorno, con il vento a favore, ci avrebbe impiegato meno. Nascose l’imbarcazione tra una miriade di giunche e memorizzò bene quel posto, poi si arrampicò sulla banchina. Tutte le strade erano deserte. Camminava in fretta, a volte perdeva la direzione, ma poi rivedeva il fumo e il fuoco spuntare oltre le case.

Il monastero si trovava in un grande spiazzo; entrambe le ali stavano bruciando, il corpo centrale era ancora indenne. Davanti al pesante portone chiuso vide una buca con accanto un cumulo di terra, come se fosse appena stata scavata. Una guarnigione di soldati aveva il compito di tenere a distanza la folla di cinesi. Tra le grida di dolore che si levavano dalla calca udì richieste di vendetta e tortura. A poco a poco Camões fu in grado di capire dalle conversazioni dei coloni intorno a lui che i domenicani erano accusati di omicidio a scopi rituali: all’interno del chiostro erano stati ritrovati i corpi di due bambini, poi riconosciuti come figli di un mercante cinese. La gente invocava a gran voce la vendetta. Se i domenicani non fossero stati puniti, ciò avrebbe significato la fine della colonia. Le autorità avevano piazzato delle guardie a ogni ingresso del monastero, tuttavia nella notte era stato appiccato un incendio, la folla aspettava che il fumo stanasse i domenicani per sfogare la propria rabbia su di loro. Era da vedere se la debole postazione di guardia sarebbe bastata a tenere a bada quella gente.

Camões aveva incautamente fatto qualche domanda, senza pensare che a Macao i portoghesi – all'epoca quattrocento – si conoscevano tutti, e così attirò inevitabilmente l'attenzione. Gli fu infatti domandato chi fosse, lui non seppe rispondere ma per sua fortuna la calca lo salvò. L'incendio si era esteso alla parte centrale del monastero e il portone si aprì. I soldati formarono una doppia barriera, puntando le lance all'infuori verso la massa che premeva; qualcuno venne infilzato e cadde gridando, mentre i monaci uscivano con calma. L'ultimo, un uomo alto dai lunghi capelli bianchi, fece per chiudersi la porta alle spalle, quasi a cercare di proteggere il monastero il più a lungo possibile, ma due uomini penetrarono il cordone e si gettarono su di lui.

"Volete che mia figlia finisca bruciata viva?", urlò uno dei due, strattonandogli le braccia.

"Non è mai stata qui".

"E allora dov'è?".

"Al sicuro. Dio la proteggerà".

I soldati formarono un triplo cordone intorno ai monaci e li scortarono nel luogo in cui li attendevano tre cinesi in abiti da giudice supremo. Ronquilho diede un ordine: il cordone si aprì e lasciò passare il priore. I giudici parvero sottoporlo a un breve interrogatorio. Al successivo ordine di Ronquilho i soldati si ritirarono, una truppa cinese circondò i monaci e li portò via.

Il *procurador* e lo Hao Ting avevano concordato di soddisfare apertamente il volere del popolo, trasferendoli dall'autorità portoghese alla giustizia cinese. Per garantire immediata sicurezza ai monaci sembrò la scelta migliore, ma era dubbio che lo fosse anche per la prosecuzione delle loro vite. Sarebbero stati fortunati a morire senza torture. Ma Campos era giustificato di fronte ai compatrioti e il popolo cinese gli sarebbe stato riconoscente per la sua intransigenza. Per la seconda volta, dopo tutte le avversità, si fece una bella dormita: in entrambe le occasioni aveva neutralizzato un avversario potente, e in entrambe le occasioni il bottino previsto gli era sfuggito. Prima Velho, ora i domenicani. Ma in tutti e due i casi il suo desiderio di vendetta era stato soddisfatto. Il monastero stava per essere distrutto dalle fiamme. Da una delle finestre venivano gettati libri e documenti: la biblioteca fu salvata, poiché Campos sperava di trovarvi testimonianze compromettenti o indizi sul luogo in cui si rifugiava Pilar.

Mentre se ne stava a godersi l'incendio, Ronquilho entrò di corsa dal portone, benché incespicasse vistosamente, e sparì all'interno del monastero. Nessuno si aspettava di rivederlo, ma forse era immune al fuoco, o in qualche modo fu protetto da stivali e corazza. Fumante e impregnato di un acre fetore, si ripresentò da Campos.

"Non c'è. L'hanno lasciata morire tra le fiamme".

La gente lentamente si ritirò nei quartieri poveri. Era pericoloso trattenersi a lungo nei paraggi e anche Camões sgattaiolò via, senza accorgersi di essere seguito. Mentre valutava se raccontare tutto a Pilar, oppure omettere che un uomo era entrato per lei nell'edificio in fiamme, arrivò nel posto in cui erano attraccate le giunche. Ma le barche non c'erano più. Mentre fissava la rada deserta, venne afferrato alle spalle senza poter opporre resistenza. Si lasciò trascinare via: cominciava a rassegnarsi al destino che la sua vita da quel momento sarebbe stata solamente un passaggio da una prigione all'altra.

Capitolo sesto

Nell'autunno del 19... vivevo mezzo malato e senza il becco di un quattrino in una stanza all'ultimo piano di un albergo di provincia. Se non fosse stato per il naufragio della *Trafalgar* sarei potuto rimanere a vita ciò che ero: un marconista, ovvero un essere né carne né pesce, né marittimo né terricolo, né ufficiale né subordinato. Non ero certo soddisfatto di quella vita che vita non era, ci si sente una specie di fungo umano a stare sempre in una cabina umidiccia e maleodorante, ingobbito su una logora sedia da scrivania. Ma ero rassegnato che sarebbe andata così fino alla fine dei miei giorni, o fino alla pensione della quale neanche un uomo parsimonioso, come si diventa nel corso di anni di sedentari vagabondaggi, avrebbe potuto vivere sulla terraferma – a meno che non si tratti di un esilio. Tutto era rimasto uguale, le mie giornate erano suddivise in sei ore di veglia passate ad ascoltare, a volte stordito, a volte attento, e sei ore di sonno leggero e irrequieto.

Come momenti di riposo e piacere: le lunghe notti passate a dormire sulla terraferma, da inizio sera a tarda mattinata, e la visita al bordello circa una volta ogni tre mesi.

No, questa non era la bella vita.

Ma lo è forse quella di un povero contadino di un villaggio irlandese, situato tra l'Oceano Atlantico da una parte e le distese paludose della verde isola dall'altra?

In quel villaggio sperduto la mia famiglia formava insieme ad altre due una comunità a sé stante, al cui interno io ero da solo. Cosa avevo a che spartire io, ormai quasi adulto, con i miei genitori, parchi di parole e avari di baci, con mio fratello, un bracciante nato, con le mie sorelle, una rimasta incinta a sedici anni di un ragazzo dell'altro clan e con la quale avevamo interrotto i rapporti, l'altra una mungitrice secca e ossuta, che di femminile non aveva niente, con il suo passo da uomo e quelle manone rozze e arrossate? Forse se avessi fatto ritorno dopo trent'anni passati in mare gli altri mi avrebbero accolto, anziché disprezzarmi come appartenente alle meduse nere. Sì, è così che venivano chiamate la mia famiglia e le altre due. Tutti avevamo occhi e capelli neri, eravamo bassi e tarchiati.

Non eravamo irlandesi. Eravamo gli ultimi rampolli della maledetta razza celtica pagana che aveva vissuto in quella terra prima di Cristo, diceva il parroco. No, discendenti dei naufraghi dell'Armada, dunque codardi che invece di combattere erano fuggiti navigando intorno alla Scozia su grandi galeoni, sempre in vantaggio sugli spietati vascelli inglesi che davano loro la caccia, diceva il maestro.

Gli antenati su questa costa spoglia si erano dunque nutriti del pane della carità ed erano stati schiavi di uomini che a loro volta erano assoggettati a lontani e potenti tenutari inglesi. Alcuni erano riusciti a sposare le donne meno desiderabili della comunità costiera, ma i figli avevano ereditato i loro tratti ed erano stati altrettanto disprezzati e sottomessi, bassi, scuri e ritrosi – e così era tuttora.

Con dieci altri superstiti mi fecero sbarcare a M…e…, il porto più vicino. Non venni risarcito per gli effetti perduti, mi restava solo il denaro per le emergenze che avevo cucito dentro la camicia. Il baccano della città portuale, che non cessava nemmeno di notte, mi torturava con l'insonnia e sapevo che in uno dei vicoletti c'era una casa dove si poteva entrare senza dare nell'occhio per lasciarsi trasportare dal fumo verso la beatitudine, ma sentivo che una volta lì dentro non sarei più riuscito a tornare alla vita, così decisi di andare avanti sulle forze che mi rimanevano.

Un pomeriggio lasciai la città, mi fermai in un paese a tre ore di distanza e vi passai la notte, tormentato da tutti i demoni che albergavano in me (nella stanza non c'erano fantasmi), ma il giorno dopo non potei proseguire. Ero malato e confuso, avevo la febbre alta. Per fortuna i gestori dell'albergo furono gentili e mi tennero con loro, e nel giro di qualche settimana riuscii a riprendermi da quell'annebbiamento.

Non potevo pensare a imbarcarmi, del resto avevo maturato una forte avversione per quella professione. Uno scopo da raggiungere non ce l'avevo.

Di tornare a Glencoe non se ne parlava, non tenevo una corrispondenza come tanti altri marinai che vogliono illudersi quando arrivano in un lontano porto straniero; con un pezzo di carta inviato da un luogo in cui erano a casa, un pezzo di carta che contiene sempre le stesse parole scritte senza cuore né attenzione, ridicole formule di un cerimoniale di affetto privo di qualunque fondamento.

Gli irlandesi a bordo odiavano gli inglesi, ma io non potevo nemmeno comunicare tramite quest'odio, visto che non ero un vero irlandese. Neanche con gli inglesi andavo d'accordo: ancor meno ero un vero inglese. Così mi tenevo in disparte e a volte avevo solo un'amicizia quasi muta con gli abitanti della costa baltica e i pescatori dei fiordi, che spesso finiscono nella libera navigazione inglese se il pescato scarseggia o il loro paese povero non è in grado di armare navi a sufficienza.

Sì, se la *Trafalgar* non si fosse incagliata, se quello scoglio non si fosse trovato sulla sua rotta leggermente deviata (i timonieri della nave, dove si beveva come mai mi era capitato di vedere, la governavano in modo approssimativo e sconsiderato), sarebbe andata avanti così fino alla mia vecchiaia; avrei continuato a sonnecchiare, trasmettere segnali, restare in ascolto, fino a diventare sordo, cosa che di solito in questo mestiere avviene prima dei cinquant'anni.

Il naufragio arrivò a turbare la mia vita a questo basso e banale livello. Grazie all'impatto avrei potuto risollevarmi, magari facendomi una vita stabile sulla terraferma. Invece sprofondai ancora; l'indolenza della mia razza, peggiorata nel corso degli anni, mi trascinava verso il punto più basso. Ero solo curioso di sapere dove si trovasse. Allora cominciai a pensare al come, al dove e al perché. E questo, per una persona senza saldi legami familiari, è un compito rischioso; è come prendere il largo senza carte nautiche e mettersi a scandagliare una costa sconosciuta.

Con il denaro d'emergenza avrei potuto abitare per qualche mese in quell'alberghetto, senza però fare altre spese. Così mi regolai, in attesa di vedere cosa sarebbe successo se non avessi mosso un dito. Rimasi a lungo in quell'albergo, in quella stanza. Per il mio corpo abituato da anni al caldo aveva una grande attrattiva: un camino. Quando il pallido sole tramontava, ammucchiavo la legna, la incendiavo e mi sedevo lì davanti, con l'atteggiamento devoto di un adoratore del sole convertitosi al culto del fuoco. Le prime volte mi addormentavo subito, poi le sere si allungarono e cominciai ad assaggiare liquori d'ogni tipo. Il mio tentativo era coronato dal successo? Sorvolerò in silenzio, che non è l'unica cosa grande, bensì l'ammissione di una sconfitta umiliante.

Non ricordo l'anno in cui toccai il fondo, ma dovette essere quello del grande terremoto che distrusse gran parte di Lisbona. Lo ricordo perché mi diede la sola sensazione gioiosa che provai in quel periodo. Fu come il compimento di una vendetta rimandata per secoli. Sembra assurdo, eppure era così. A ogni aggiornamento sul numero delle vittime e sulla sempre maggiore devastazione mi pervadeva un brivido di piacere. Quando si faceva troppo buio per leggere, prendevo il giornale e accarezzavo le colonne in cui veniva descritto il terremoto, finché l'inchiostro non rendeva appiccicose le dita. Poi lo gettavo nel fuoco e mentre bruciava vedevo case deformate dalle fiamme, torri che crollavano, gente arsa viva. Poi uno scoppiettio e tutto finiva.

Lentamente cominciai a sentirmi meglio. Dall'unica finestra vedevo il sole spegnersi, le ultime foglie marroni avvizzire sui rami sporgenti dei faggi che di notte, mentre dormivo, gemevano. Durante il giorno mi capitava di passeggiare lungo l'ansa nella speranza che il sole splendesse ancora una volta sulle colline, ma non lo rividi più. Dovetti accontentarmi della luna, che a volte di sera faceva capolino tra le nuvole; allora mi sedevo di nuovo davanti al fuoco e mi addormentavo, mi risvegliavo tremante nel cuore della notte, fissavo i tizzoni ardenti, troppo stanco per svestirmi, mi stendevo sul materasso e continuavo a dormire.

Un giorno venne a farmi visita una donna che conoscevo dal passato. Non sapevo come fosse riuscita a trovarmi, né glielo chiesi mai. Non se ne andava. Ogni tanto la possedevo, tenendo gli occhi serrati, sul pavimento o sul davanzale della finestra, come capitava, ma per lei non tardavo un solo minuto a prendere sonno. Il clima si era fatto troppo rigido per uscire. Ora passavo il tempo a leggere un libro sulla storia dei tre imperi, che aveva il vantaggio di non finire mai, perché arrivati in fondo ci si era dimenticati l'inizio. La donna, sorprendentemente, non capiva che vivevo nel regno delle ombre; del resto le andava bene così. A volte le dicevo che avrebbe anche potuto andarsene, ma lei restava.

Un pomeriggio il vento era calato. Camminavo da solo sulla strada per la grande città portuale da cui – quanto tempo prima? – ero fuggito. Allora sentii che il male di cui avevo sofferto per tutto il periodo trascorso sulla terraferma, e che mi aveva reso inerme, era svanito; ma stranamente non ne fui sollevato, anzi, mi sentii abbandonato, come se un amico fidato fosse partito per sempre senza congedarsi. Al mondo non l'avrei mai più rivisto. Non era una fortuna? Sembrava però che il vento, frusciando tra le esili palme, a quella latitudine fuori luogo esattamente come me, dicesse: "Non c'è più, non c'è più...". Rimasi a lungo appoggiato a un tronco e rientrai a tarda notte. Molto tempo dopo, un pomeriggio in cui la donna e il tempo parevano avere gli stessi colori – il biondo opaco dei suoi capelli aveva la sfumatura del bosco appassito, il grigio degli occhi quella del cielo, la voce non si alzava oltre la pioggia scrosciante – sgattaiolai via. La luce si affievoliva e la sua presenza nella stanza non era più tangibile di un'ombra. Forse neanche la mia, infatti non si accorse della mia partenza. Ora però sentivo di avere forze sufficienti per raggiungere il porto.

Sopra l'orizzonte splendevano gli ultimi raggi di sole, come una vita vissuta invano che sul punto di spegnersi manda un'ultima fiammata, riattizzata per un istante dal refolo che si solleva dalla tomba. Il vento cominciò a scompaginare il fogliame delle palme. Mi torna in mente un paradiso che avevo abbandonato volontariamente, un giardino che digradava verso il mare, un verde eterno verso un eterno mormorio, una casa fresca dove c'era a sufficienza per soddisfare le frugali necessità di una persona beata. Cosa ci facevo ancora là? Ora mi sarei annoiato, poiché da allora sono dannato, ma non secondo le leggi di quell'arida fede senza speranza introdotta sulle coste del Nord dell'Irlanda dai dominatori britannici (che su questa terra vivono circondati da tali agiatezze da poter dipingere a loro piacimento un aldilà orribile). Questa fede privò i poveri abitanti della costa dell'unica cosa che – sebbene illusoriamente – potesse dar loro un po' di gioia. Nell'Irlanda meridionale e centrale la gente vive ubriaca e felice, nel Nord Ovest sobria e sventurata.

No, essere dannati significa annoiarsi ovunque, tranne che nei posti più miserabili. Di qui il desiderio macerante per le regioni polari, i deserti e i mari dove non ci sono isole.

Continuai a camminare senza pensieri per la testa. Al mattino arrivai a M...e...; feci tutto il giorno su e giù per la banchina, la notte dormii dietro alcune casse, mi risvegliai distrutto, quasi deciso a fare ritorno a S... dove almeno avevo un letto, un camino e il silenzio. Invece ripresi a camminare lungo i moli; c'era una grande nave in partenza, le gru erano già ferme, ma la passerella non era ancora stata ritirata, un corpo venne portato a terra su una barella. Mi spinsi in avanti e sentii dire: "Adesso non possono salpare, hanno appena reso obbligatorie le radio. Non riusciamo a trovare nessun diplomato".

Radio? Quanto tempo era passato dall'ultima volta che ero stato in una minuscola cabina con le cuffie in testa e la mano sulla chiave? Fu molto difficile, con i miei abiti malconci, arrivare al comandante, ma non appena estrassi alcuni foglietti dalla tasca, facendo attenzione giacché erano logori, e vennero fuori la mia identità e professione, ricevetti il benvenuto e fui assunto su due piedi. Di nuovo mi lasciai la vecchia vita alle spalle per riprendere quella precedente. Avanti, o meglio indietro, verso gli imperi sperduti dell'Estremo Oriente, con un desiderio grande quanto l'odio che provavo quando me n'ero allontanato.

Nel mio lavoro ero mediocre, lento, e a volte tralasciavo un'indicazione importante, una lettera o una cifra da un listino di borsa o da un bollettino meteorologico. I notiziari all'epoca ancora non andavano registrati, ma il capitano li esigeva comunque. Era uno di quegli infelici che navigano con il corpo in mare e con i pensieri sono a casa e a terra; smaniava di sapere anche le notizie più insignificanti. Così inventavo rapine, ricorrenze e fughe amorose. A volte ero tentato di inserire fatti e date antichi e spacciarli per nuovi, come il periplo del Capo nel 1502, ma riuscivo a trattenermi.

Il capitano, che all'inizio mi aveva riservato un caloroso benvenuto, già diventava più misurato e scontroso, passava senza salutare; spesso ci ignoravamo, pur essendo gli unici occupanti del ponte di coperta.

Il caldo del Mar Rosso non mi disturbava. L'Oceano Indiano, privo di tempeste, anzi quasi senza vento in questo periodo dell'anno, pareva una distesa molle e grigia di metallo fuso da un orizzonte all'altro. Ma mi sentivo a mio agio in quegli spazi sterminati caldi e indistinti, sembrava che anche la mia esistenza fosse annebbiata. Solo dopo Colombo provai di nuovo un senso di oppressione, come se venissi riportato su vecchi binari che pensavo di aver abbandonato per sempre.

Fino a quel momento il mio lavoro era stato mediocre, da lì in poi divenne decisamente insufficiente, pareva che fossi sordo. Non proprio sordo, ma altri suoni interferivano di continuo in mezzo ai segnali che dovevo captare; provenivano dal mio orecchio medio o dall'etere? Non lo so, adesso si notava che i miei bollettini erano inventati e anche che avevo commesso gravi errori nel registrare rotte e bollettini meteorologici.

Per questo a Singapore fui licenziato con l'offerta di un biglietto di ritorno di seconda classe, che però rifiutai; a fatica riuscii a ottenere il rimborso per mezzo mese di spese di soggiorno. Insieme a una cassa e a una valigia strisciai dentro l'albergo più economico e afoso di Singapore, europeo solo di nome, dove trascorrevo i pomeriggi a sudare sotto una zanzariera talmente piena di buchi che mi toccava guardare da ogni lato per proteggermi dagli attacchi degli insetti. Il tempo passava, i soldi stavano per finire, con gli ultimi dollari rimasti andai a un concerto che desideravo assolutamente vedere: un violinista che avevo sentito ai bei tempi a Brighton. Quello sperpero fu la mia salvezza. Durante l'intervallo incontrai un passeggero inglese, per conto del quale ero riuscito a inviare un telegramma in codice, contro il regolamento (di trasmettere ero ancora capace!). Volevo passargli accanto con un breve saluto; conoscevo per esperienza il disprezzo dei britannici per i meticci – venivo sempre scambiato per tale, dati la carnagione e gli occhi – ma lui sembrò comprendere la mia situazione, mi raggiunse e attaccò discorso. Il giorno dopo mi aiutò a recuperare la mia dignità, invitandomi ad alloggiare nell'albergo elegante di Singapore e prestandomi i soldi per un completo nuovo. (Mi sono sempre opposto all'idea, però è vero: vestirsi bene e radersi giovano al morale più di un'intera notte passata a leggere Goethe o Confucio, per non parlare della Bibbia).

Due giorni dopo trovai un posto su una nave di piccolo cabotaggio che racimolava carichi tra porti di seconda categoria, che era di casa a Ningbo ma non andava mai a Shanghai o Manila, le due metropoli tanto agognate dai marinai che amavano bere e girovagare. Gli ufficiali si erano adattati perfettamente; tranne il secondo in carica, che collezionava porcellane e addirittura si prendeva la briga di spendere tutta la paga in inutili oggetti d'antiquariato, e il terzo, che si era messo in testa di trovare una vergine e per questo setacciava case e bordelli galleggianti, nessuno metteva mai piede a terra. Il capitano andava e veniva dal suo ufficio in risciò; di giorno i mercanti salivano a bordo con tutto ciò di cui aveva bisogno un marinaio, e di notte passavano sui sampan a noleggiare le proprie figliole. Per la maggior parte dell'equipaggio la terraferma era un luogo ignoto; vivevano sulla nave come su un piccolo asteroide, dove la vita era diversa. Certo, mangiavano, bevevano e respiravano, ma quasi non parlavano né si muovevano. Pareva che il poco spazio rimasto sul ponte tra le gru e i boccaporti fosse ancora troppo, restavano chiusi nelle loro cabine, d'inverno davanti a una stufa a cherosene, d'estate senza un ventilatore, a bere grog bollente sia col freddo sia col caldo, poiché a bordo non c'era ghiaccio, e col caldo è meglio una bevanda bollente che tiepida. Alcuni giocavano a carte per giorni senza interruzione, all'inizio giocavo e bevevo anch'io; dalla prima attività riuscii a ritirarmi assai presto per il valido motivo che avevo già perso in anticipo mesi di paga. Continuai invece a bere fino al giorno in cui mi accorsi che azionando gli apparecchi mi tremavano le mani e il ronzio nelle orecchie era talmente forte che quasi copriva i segnali.

A quel punto smisi anche di bere, mi sentii uno straccio per una settimana e andai avanti a caffè giorno e notte. Alla fine superai l'assuefazione. A quel punto avrei anche dovuto smettere di fumare. Ma che senso ha la vita senza qualche vizio o dipendenza, soprattutto su una lurida nave di ferro che non ha niente, un cespuglio, un uccello, che indichi l'esistenza di altra vita? In realtà andare per mare significa vivere in uno stato di continua ebbrezza, infatti tutti gli altri obbedivano a questa legge morale, ma io dovevo restare in contatto con il mondo esterno, non potevo lasciarmi andare completamente, mentre un timoniere, finché tiene gli occhi aperti, riesce a distinguere le luci e tracciare una rotta, e un macchinista, esperto nel servizio ai tropici, per il novantanove per cento del tempo appisolato sulla sua poltrona, è comunque in grado di capire se qualcosa non va da una minima variazione nel rumore dei motori. Be', forse sto facendo un torto a questi signori, ma anche loro me ne hanno fatto, dunque non chiederò perdono.

Tuttavia avevo rubato una bottiglia di liquido marrone dall'infermeria; quando il vuoto dell'esistenza che conducevo mi disorientava, ne prendevo qualche goccia e venivo pervaso da un benefico annebbiamento. Riuscivo ugualmente a fare il mio lavoro. Ero come chiuso dentro una parete di lana, dove penetravano soltanto i suoni che dovevo sentire.

Invidiavo i passeggeri dell'interponte che inalavano lo stesso piacere da un fumo sottile; mentre io affondavo nell'inebetimento, quelli fluttuavano leggeri. Lo capivo dall'espressione beata e dall'indifferenza con cui morivano, dopo aver contratto il colera o la dissenteria.

A volte la sera vedevo tutta la nave aperta davanti a me come un favo da cui viene rimosso l'alveare. Sul ponte il terzo timoniere appoggiato in un angolo a fumare; il capitano nella sua cabina con i gomiti sul tavolo e un bicchiere davanti. A destra le cabine dei timonieri, il primo che dorme, il secondo sdraiato sulla cuccetta, con un libro pornografico che gli balla sopra. A sinistra le cabine dei macchinisti: il primo legge la Bibbia, gli occhiali sulla punta del naso, il secondo fa la calza o intreccia stoffe, senza accorgersi così di rivelare la tendenza femminile che credeva tanto ben nascosta, il terzo è di guardia nel ventre della nave, illuminato da una lampada fumante e circondato dal tanfo di carburante, e si asciuga in continuazione la testa sempre più calva con la stoppa. Sulla prua i marinai che dormono, uno sull'altro. A poppa i *tally clerk* riuniti a giocare a mahjong su un tavolo lungo. Nel buio interponte un ammasso di persone, stese sulle loro valigie e cestini di cavoli e gabbie per uccelli, con gli arti intrecciati, che facevano i bisogni lì dove si trovavano, quasi soffocando nel loro stesso fetore. Subito sotto le stive oscure con i sacchi di zucchero e legumi, i ratti che corrono su e giù, gli scarafaggi che rodono e scivolano veloci sul muro; al di là il mare abitato da pesci e molluschi, con gli scafi come nuvole e le luci delle navi come basse costellazioni. E tutt'intorno la notte e il firmamento. Una nave nella notte cos'ha ancora a che spartire con il mondo? Nemmeno i pensieri delle persone a bordo vi si rivolgono più.

E in quei tempi di desolata libertà, mentre ero separato dalla terra, così completamente come avevo desiderato in passato, anzi, ancora di più, cominciai ad anelare a una qualche forma di affetto, a una vita diversa, poiché quella che conducevo non era sufficiente ad appagare la mia anima. Non aveva nulla con cui nutrirsi, intrattenersi o affermarsi; la mia origine era incerta, i miei genitori indifferenti, il mio paese ostile. Anche il mare, che tanto bene mi aveva fatto un tempo, era un amico perduto; prima il suo mormorio lungo la nave era un incoraggiamento, ora un lamento funebre.

Di certo negli anni il mio egoismo era stato soddisfatto, mi ero liberato dal poco che mi tratteneva. Ora cominciavo a desiderare una forza che prendesse possesso di me. C'erano poche speranze di incontrare una donna: dove avrei potuto trovarla? In passato ce n'erano sul ponte di passeggiata, a volte una mano snella mi porgeva un telegramma e dal piccolo boccaporto intravedevo una porzione di viso aggraziato, un occhio, un orecchio, una ciocca di capelli. Adesso c'erano solo donne con la casacca nera e i lunghi pantaloni color indaco, il sorriso ruvido.

Niente donne allora! E quindi? Una mente in quello stato, preda delle influenze esterne, diventa un bersaglio facile per demoni che al pari di saprofiti vogliono nutrirsi di un essere vivente. Ma in mare non ci sono spiriti, o almeno era ciò che credevo fermamente. E fu quell'assenza, o quella convinzione, a tenermi ancora in salvo per molto tempo, quando già desideravo di essere liberato dal mio vuoto e non avrei respinto nemmeno il più maligno di essi. Il mare mi salvò, è vero. Ma non gliene fui grato.

Capitolo settimo

I

Il carcere era molto in profondità, poiché lo avevano condotto per innumerevoli scalini, ma non sapeva dove fossero cominciati i sotterranei. Non vedeva né il sole né la luna, la notte era nera, il giorno un livido crepuscolo. Una sola volta, a metà mattinata, la guardia gli portava del cibo e una brocca d'acqua che nel giro di un paio d'ore diventava torbida e imbevibile, così dopo le prime volte iniziò a berla tutta subito. Sulla visita della guardia basava il suo computo del tempo: un frego sulla trave che in seguito poteva sentire al tatto. Quando ve ne fu una lunga sfilza, chiese alla guardia quando sarebbe arrivato il suo turno. L'uomo scosse la testa. Quando? Prima gli assassini di bambini, poi i disertori.

Allora implorò di avere più luce. Aveva ancora una moneta d'oro e gliela offrì. Ma la guardia rifiutò e uscì. Andò a stendersi con la faccia al muro, umiliato e stanco della vita. Quando sollevò lo sguardo, molte ore dopo, un sottile raggio di luce lo colpì in volto – un getto d'acqua sorgiva non avrebbe potuto essere più rinfrescante. Da dove veniva la luce? Forse lassù la guardia aveva fatto rotolare via un masso, lasciando che il riverbero s'insinuasse attraverso una fessura? O forse il sole o la luna avevano raggiunto un punto nel firmamento da cui la luce penetrava attraverso i cunicoli diroccati? Gli parve più plausibile l'ultima ipotesi. In quel caso presto il raggio sarebbe di nuovo scomparso. Voleva goderselo ogni istante, assorbirlo tutto. Ma da quella luce gli balenò un altro desiderio e, dapprima quasi riluttante, iniziò a scrivere; forse lo fece per ricordare in seguito, per avere una prova tangibile di cosa avessero significato per lui quelle ore di luce, o forse per rimanere sveglio e lucido, finché durava. Poi però si rimproverò di non godersi la luce, invece di utilizzarla per scrivere. Allora si sedette a fissarla e a meditare, senza muoversi. Ma un grosso scarafaggio gli passò sul piede; ora che c'era luce poteva acchiapparlo e ucciderlo; fu colto da un gran bisogno di ripulire la sua cella. Cominciò la caccia, ma ce n'erano troppi. Dagli angoli ne sbucavano in continuazione. E d'un tratto si fece buio. Si rimproverò di aver fatto cattivo uso di quella luce divina e si ripromise, se fosse tornata, che si sarebbe limitato ad adorarla. Ma anche il giorno successivo fu un alternarsi di poesia e caccia ai parassiti.

A dodici giorni dalla sua carcerazione, dovette risalire gli scalini e si trovò in una stanza, accecato, per quanto l'ambiente fosse in penombra, con dei giudici in nero seduti dietro un tavolo verde. Fu Campos in persona a condurre l'interrogatorio.

Dichiarò di essere vittima di naufragio, di aver subito una ferita alla testa, di non ricordare il suo nome né il suo rango e, da un angolo remoto della costa, di aver raggiunto a piedi Macao, di cui di notte aveva visto in lontananza le luci. Non si riuscì a cavargli altro, e presto fu condotto via. Sperò di essere inserito nelle truppe come soldato semplice, così avrebbe avuto l'opportunità di disertare e di tornare sull'isola. Ma la decisione fu un'altra. Di nuovo fu condotto sulle scale e spinto dentro l'aula del tribunale; lì si ritrovò faccia a faccia con l'odiato capitano, che mai al mondo si sarebbe aspettato di rivedere, seduto accanto a Campos.

"Adesso ricordate il vostro nome?", gli domandò costui.

"So chi ero, Luís Vaz de Camões, ma per la malvagità del rancore adesso sono un uomo senza nome".

"No, per volere del re. Pericoloso per lo Stato e colpevole di lesa maestà, dovete restare in prigione".

"Basta", esclamò Campos. "Qui le leggi sono applicate in modo leggermente diverso. Qui ogni uomo è di qualche utilità. Prenderà servizio".

"È un disertore".

La provocazione del capitano destò Camões.

"È diserzione se io, trascinato dal mare su un tratto di costa remoto, arrivo a piedi a Macao con le mie ultime forze?".

Ma non poté proseguire, Campos lo fece portare via. Di sera lo visitò in cella. In un angolo fu messa una lanterna che illuminava di rosso Camões. Campos invece rimase nell'ombra.

"Cosa avete visto sul versante opposto?".

"I cinesi, le loro case e le loro tombe. Soprattutto le tombe!".

"Non una donna bianca nascosta da qualche parte? Una giovane di nobili origini è sparita da tre settimane; si pensa che sia stata rapita dai cinesi. Se potete dirci qualcosa sarà a vostro vantaggio".

Camões scosse la testa.

"Non sapete nulla? Ma dovete saperlo. Altrimenti sarete torturato insieme ai domenicani".

Camões fece notare come fosse impossibile che un naufrago nella grande terra sconosciuta incontrasse un prigioniero della propria razza. Anzi, se l'avevano rapita i cinesi gliel'avrebbero di certo tenuta nascosta. Ma Campos non sentiva ragioni, pareva un erede dell'Inquisizione, come se un istinto gli suggerisse che Camões era stato in contatto con la fuggitiva. Nell'espressione aveva lasciato trapelare qualcosa? Gli era rimasta addosso qualche traccia di lei? Non l'aveva toccata, eppure si tastò. Provò invidia per i volti impassibili dei cinesi, senza sapere che dopo tanta sofferenza i suoi lineamenti avevano acquisito la stessa imperturbabilità. Temeva la tortura, sapeva di essere coraggioso in guerra e di aver mantenuto la calma durante un terremoto a Lisbona. Aveva perfino esultato nell'uragano che aveva affondato la *São Bento*, ma si contorceva dal disgusto al pensiero di dover sottostare alla tortura, legato e inerme. Immaginò cosa avrebbe fatto se davvero non avesse saputo nulla. Ai primi dolori probabilmente avrebbe raccontato una qualche storia, possedeva sufficiente inventiva. Ma adesso che sapeva... Avrebbe dovuto indicare un luogo il più possibile lontano da quello reale? No, adesso che sapeva, doveva tacere. Provò a fare appello alla propria resistenza tenendosi immobile contro il muro, poi sfiancandosi con eccessivi movimenti muscolari, ma il suo corpo infiacchito non riuscì a sostenerlo, del resto la cella così angusta non lo permetteva.

Quando entrò la guardia, giaceva in un angolo mezzo stordito. Scattò in piedi, pensando che già lo venissero a prendere. Ma la guardia, un vecchio cinese del Kwantung, rimase lì impalato e gli porse una polvere marrone su una foglia di salice. Camões lo fissò, all'inizio ignaro che si trattasse di una polvere che rendeva insensibili a qualunque dolore. Infine capì e chiese chi doveva ringraziare. La guardia gli fece intendere che trovava giusto torturare i carnefici di bambini, ma non un naufrago, che sottostava al potere della dea A Mao, la quale placava le tempeste e soccorreva i pescatori, e di cui il cinese era stato sacerdote. Di più non riuscì a farsi dire. Camões prese un po' di quella polvere. Ben presto si sentì sprofondare, calmo e languido, in una grande sensazione di benessere. D'un tratto il suo corpo fu attraversato da una scossa di sfiducia. Pilar aveva forse saputo della sua prigionia e di nascosto – tramite la sua *duenha* – aveva dato alla guardia quella polvere, con l'istruzione di renderlo innocuo? Altrimenti come mai quel vecchio mongolo sarebbe stato tanto compassionevole, contrariamente alla natura dei cinesi, che apprezzano la tortura come un'opera d'arte? Pilar era così preoccupata della propria sicurezza da farlo uccidere nella quiete del carcere? La sofferenza si tramutò in odio, ma altrettanto velocemente scemò. In fondo non gli stava forse facendo un favore, anche se ora lo uccideva? Camões si distese; il pavimento di pietra divenne soffice come velluto, il basso soffitto pieno di ragnatele si trasformò in un cielo disseminato di stelle, tra le quali brillavano gli occhi di lei, e tutto si fuse in un orizzonte luminoso. Si lasciò assopire, o morire, una delle due, il tempo lo avrebbe stabilito.

II

Da che avesse memoria, era la stanza più ampia e luminosa in cui Camões fosse entrato. Al centro erano raggruppati gli strumenti di tortura. Di molti non capiva la funzione. Il boia e i suoi assistenti erano lì accanto in atteggiamento di angosciosa tensione, come se dovessero sorvegliare i loro attrezzi nel timore che all'ultimo momento venissero trafugati.

I domenicani, incatenati insieme in un angolo, erano decisamente più calmi. Come sempre indossavano le loro tonache grezze e i sandali, e conversavano in tono tranquillo ma animato, come fossero impegnati in una disputa teologica. I più erano strabici e si guardavano di sbieco, come se si fidassero dell'altro solamente per metà. Una cosa poco consona alla situazione, in cui potevano aspettarsi solo supporto reciproco, e solo morale, tanto che sulle prime Camões non capì e pensò che si sarebbero traditi a vicenda non appena messi sotto torchio. Uno di loro, poi, aveva una voce stridula, che risaltava di continuo tra i rochi mormorii. Solo in seguito si accorse della loro quiete interiore. Uno dei giudici intervenne esclamando: "Silenzio!". E una volta il capitano, anche lui presente, disse: "Presto cambierete musica".

I giudici erano seduti alla luce che entrava da strette finestre con le sbarre all'altezza del soffitto. Dalle finestre Camões vide passare una quantità infinita di piedi: le morbide calzature di feltro dei cinesi, gli zoccoli di capra delle loro mogli; in numero molto più esiguo le scarpe di pelle dura dei soldati, e due o tre volte stivali fulvi con lunghi speroni d'argento.

Non aveva mai visto tanto degli abitanti di Macao. Durò forse qualche minuto, il tempo che i giudici sistemassero le carte processuali e pareva facessero scommesse tra loro. A lui quasi non veniva prestata attenzione.

Poi Campos diede il segnale al boia. Gli assistenti andarono verso i domenicani, ma questi erano caduti in ginocchio, il priore pronunciò con enfasi una preghiera, nessun assistente allungò ancora un dito su loro. Camões si chiese cosa avrebbe avuto maggiore effetto contro la tortura, la sua polvere, o quella preghiera. Campos ordinò di dire amen, di cominciare, e presto i monaci penzolarono dal soffitto con dei pesi alle dita dei piedi.

Non c'era più spazio per appendere Camões e nell'attesa, come passatempo, fu messo nel serrapollici. Inoltre gli strinsero le caviglie in due staffe. C'era un silenzio di tomba, solo ogni tanto si udiva lo scatto dei pesi e il tintinnio metallico di quando si scontravano, e Campos che a intervalli regolari gridava: "Confessa, confessa!".

Infine un giovane monaco emise un gemito sommesso.

"Confessa", gridò Campos. "Di' la verità e liberati da queste sofferenze, e da quelle dieci volte peggiori che ti aspettano. Confessa".

Gli scrivani puntarono subito le penne sulla carta. Ma il priore lo mise in guardia, parlò dei padri della Chiesa, che avevano sopportato ben di peggio, lo implorò di non rinunciare alla salvezza eterna per qualche ora di sofferenza terrena e di non tradire la loro innocenza.

Ma il giovane monaco, sotto torture sempre più dolorose, crollò, confessò che i figli di Lou Yat erano stati attirati con l'inganno nel monastero. Ma ignorava quale fosse la loro sorte.

"Però ne hai sentito i lamenti? Hai visto che veniva seppellito qualcosa nel chiostro, no?".

"Sì, sì", gridò la vittima, "slegatemi, l'ho visto, li hanno seppelliti. Slegatemi".

"Sta mentendo", esclamò il priore. "Noi non c'entriamo nulla, torturatemi fino alla morte, dalla mia bocca non sfuggiranno bugie. Lui è un codardo che vuole salvarsi la pelle".

"No, è assennato. Le prove sono schiaccianti, negare non serve più. Vuoi ritrattare?".

“No, no, slegatemi, ormai l’ho detto!”.

Vennero liberati tutti. Fu letto un verbale ad alta voce, ma la maggior parte dei monaci non aveva più la minima consapevolezza – erano appoggiati al muro o accasciati a terra. E Camões era quasi stato dimenticato, del resto non aveva emesso suono. Campos si diresse verso di lui.

“Anche tu, confessa, così avremo tutte le informazioni che ci servono”.

Ma Camões sorrise, scosse la testa e non diede risposta. Il sangue gli gocciolava dai pollici.

Si risvegliò per una strana sensazione di calore al volto. Non riusciva a capire cosa fosse e rimase immobile, timoroso di aprire gli occhi. Sentiva anche un leggero dolore a pollici e caviglie. Infine, a fatica, aprì gli occhi. Era disteso su un letto in un camera ampia e luminosa. Accanto alla finestra c’erano una sedia e un tavolo. Si avvicinò e vide in lontananza il mare e qualche isola all’orizzonte. Al di sotto della finestra non si vedeva il suolo. Di nuovo era lontano dalla terra, non più nel buio sotto di lei, ma nella luce che la sovrastava.

L’acqua che gli portò un’altra guardia era limpida e non s’intorbidiva col passare del tempo, il cibo era buono. Dopo tre giorni fu in grado di alzarsi, rimase prima una giornata intera a guardare il mare e le isole in lontananza, verso le quali a volte navigava un’imbarcazione solitaria. Chiese spiegazioni anche a quella guardia, ma l’uomo non rispose affatto. Volevano forse indurlo a tradirsi, stavolta trattandolo bene? Oppure ci si aspettava che il re revocasse il suo ordine?

Un mattino ritrovò perfino le sue carte. Si mise di nuovo al lavoro e in una quiete ininterrotta, faccia a faccia con il mare, scrisse le vicissitudini dei navigatori nel giardino delle Esperidi, dove nutriti di frutta e vezzeggiati dimenticarono le privazioni del loro vagabondare.

Una mattina tutte le sue carte erano nuovamente scomparse. Tormentò la guardia di domande, provò a trattenerlo. Ma questi pareva davvero sordomuto, quasi appartenesse più alle viscere della terra che a quel luogo inondato di luce. Per un giorno intero fu assalito da un terribile presagio, osservare e riflettere non gli bastarono più per sentirsi tutt'uno con la calma del mare. A tarda notte dormì qualche ora, seduto. E al risveglio si ritrovò tutto davanti. Ma una pagina del giardino delle Esperidi era sgualcita e macchiata. Provò a continuare, ma ebbe l'impressione che la sua opera fosse spezzata, proprio in quel punto. Un sospetto angosciante lo assillava, non osò più rivolgere il pensiero a Pilar.

Finalmente trovò il coraggio di rileggere quello che aveva scritto e si rese conto che, senza accorgersene, il giardino mitologico assomigliava sempre più a quello sulla sponda opposta. Fu soffocato da una rabbia verso la poesia ben più grande di quella che aveva provato in gioventù. Non era buona che a rivelare segreti, a fare del poeta il traditore del proprio animo, specie di ciò che egli voleva nascondere più nel profondo, o meglio ancora seppellire sottoterra. Ma era escluso, Campos non possedeva una mente tanto acuta da considerare quella possibilità!

Così Camões, più prigioniero che mai, continuò a fare avanti e indietro tra la finestra e il letto, la speranza e la paura, l'ansia e il sollievo. E questo tormento, peggiore di quello sopportato dal suo corpo, durò ancora sei o sette giorni. Non mangiò più, non scrisse più, guardava il mare dalla finestra desiderando ardentemente l'oblio.

Un pomeriggio insieme alla guardia si presentarono un sottufficiale e un servo, che portava un equipaggiamento militare e lo gettò ai piedi di Camões. Il sottufficiale lesse una lettera, un'ordinanza. Camões doveva arruolarsi come soldato nella scorta che accompagnava la delegazione a Pechino, in partenza da Macao quello stesso pomeriggio. Camões non accennava a prepararsi. Il sottufficiale gli consigliò di farlo, altrimenti sarebbe stato trasportato in catene per tutti i tre giorni di viaggio da Macao. Poi rimase in attesa. Camões si vestì.

III

Davanti alla porta che separava la penisola portoghese dall'impero cinese era stato eretto un palco ornato di fiori. Da lì il Senato di Macao e i più alti ufficiali con le loro mogli avrebbero assistito al passaggio della delegazione. Il corteo procedeva in lontananza, Metelho, il capo delegazione, sedeva su un palanchino, sorretto dalle spalle di otto uomini. Dietro, a cavallo, lo scortavano quattro messi. Venti *coolie* erano carichi di doni per l'imperatore. La scorta, che nelle zone pericolose avrebbe circondato la rappresentanza, chiudeva la fila.

Davanti alla tribuna il corteo si fermò. Solo ai delegati era permesso congedarsi dalle loro mogli, cosa che fecero in modo frettoloso e forzato; le donne si sporsero dalla balaustra per abbracciare i mariti, che sarebbero stati via per un anno o per sempre. Il tutto non durò molto, qualche squillo di corno e ognuno tornò al proprio posto. Poi Campos e Metelho si scambiarono i saluti formali e quest'ultimo prese in consegna l'ordinanza col sigillo. Un prete benedì i cinque messi, asperse di acqua santa anche le casse con i doni. I soldati furono esclusi da queste cerimonie, dalla retroguardia riuscivano appena a vedere il palco. Camões era tra quelli e guardava fisso davanti a sé, sforzandosi di non vedere nulla. Desiderava solo che arrivasse il momento, molti giorni dopo, in cui tutto sarebbe finito per sempre e di fronte a lui non ci sarebbe stato altro che la vuota distesa gialla.

Fu dato ordine di procedere, tutti si misero in marcia e lui oltrepassò la tribuna a capo chino. Ma superando la sezione centrale non riuscì a trattenersi, in seconda fila vide Pilar, pallida, vestita di bianco, accanto a Ronquilho, rosso e pingue, in uniforme da cerimonia. Si scambiarono uno sguardo. Lui voleva urlarle: "Non ti ho tradita", ma subito sentì: sì, in realtà ti ho tradita. Chinò la testa e lasciò le cose com'erano. Sfilò via.

Già la prima marcia lo sfiancò. Tuttavia ci vollero cinque giorni prima che la spossatezza del corpo e il dolore delle ferite ai piedi fossero così forti da estirpare la sofferenza nella sua mente. Passati altri giorni cominciò a non sentire più la stanchezza, il passo divenne più leggero, sentì l'attrazione dell'ignoto che gli si apriva davanti e l'eccitazione di un lungo viaggio attraverso un paese in cui nessuno della sua razza era mai penetrato prima di lui.

Dopo il tratto iniziale, marciarono di notte illuminati dalla luna piena, sotto la quale si estendeva la terra incolore e dolcemente ondulata. Sparuti villaggetti, boschi di bambù allampanati e lapidi diroccate spuntavano qua e là in bizzarro contrasto con quella desolazione. L'ordine di marcia presto si scompaginò da solo: dopotutto ci si poteva vedere in lontananza per ore. In seguito, quando la popolazione si fece più densa, il terreno più collinare e la sicurezza esigeva che si restasse in formazione serrata, la disciplina era ormai fin troppo allentata; Metelho non aveva sufficiente autorità tra i soldati. Molti soffrivano di dissenteria, delle quattro guide cinesi due erano già morte. Metelho, prevedendo il pericolo di ritrovarsi senza guide nello sconosciuto, sconfinato e ostile entroterra, provò a reclutarne di nuove, ma invano; ovunque la riluttanza ad avventurarsi nell'ignoto Nord era tale che nemmeno grandi somme di denaro suscitavano interesse. Anche la terza guida cinese si ammalò. Per essere almeno in grado, in caso di necessità, di ritrovare la via del ritorno, Metelho ogni pomeriggio faceva erigere una pietra, con sopra inciso: "Di qui passò la prima delegazione portoghese non tributaria", accompagnato dalla data e posizione del sole. Era difficile trovare volontari per quel compito pesante, e alla fine veniva sempre costretto Camões. La popolazione non era ostile, più che altro timorosa, ma per questo era difficile entrarvi in contatto per ottenere cibo. Appena il corteo si allontanava, circondavano le pietre di massi per privarle della loro funzione.

La compagine si scioglieva sempre più, tutti procedevano in ordine sparso. Solo Metelho e un dotto gesuita, che si era unito per fermarsi alla corte di Pechino e introdurre insieme ai principi dell'astronomia quelli della religione, si facevano trasportare su portantine affiancate per poter conversare durante il viaggio.

Una volta al giorno Metelho convocava Camões accanto alla sua portantina e gli chiedeva, sporgendosi appena oltre il bordo, se avesse lamentele da fare. Camões rispondeva che, come gli altri soldati, non aveva di che lamentarsi, solo per il cibo insufficiente, e come tutti gli altri sapeva che non era colpa di Metelho. In un'occasione Metelho cercò di assumere un tono più confidenziale, di scoprire qualcosa del passato di Camões, si rivolse a lui da pari a pari, gli chiese della situazione a corte, che aveva frequentato qualche anno prima di Camões. Ma Camões finse di aver dimenticato ogni cosa. E allora Metelho, nel tono sprezzante in cui aveva iniziato la conversazione, gli disse di ricongiungersi alla guarnigione. Una volta Metelho diede ordine di cantare per mantenere il ritmo di marcia. Ma il tono languido dei canti popolari portoghesi rallentò il passo, demoralizzò gli uomini aumentando la nostalgia di casa. E con le melodie cinesi, confuse e cacofoniche, gli europei non riuscivano a procedere di pari passo. Dopo un giorno il tentativo fu abbandonato e si proseguì in un silenzio ancora più oppressivo di prima; anche la campagna era più tranquilla, nessun gong che risuonava in lontananza come un sordo temporale, né capitò più di imbattersi in chiassosi funerali.

Eppure i villaggi divenivano sempre più grandi e popolosi, spesso col tempo si erano unificati; da un certo giorno in poi le case non finirono più, non c'era più traccia della pianura, e infine l'ultima guida cinese rimasta ammise che erano giunti in una città dove non sapeva orientarsi. Dietro le case videro un'alta barriera nera, lì doveva trovarsi la città murata. Ma come avrebbero fatto ad aggirarla? Su una sorta di piazza Metelho diede ordine di fermarsi e suonare l'adunata, ma le trombe furono coperte da flauti squillanti e lamentosi che provenivano da dentro le case. Coelho, il comandante della guarnigione, fece sparare qualche salva in aria ai dieci moschettieri superstiti, aspettandosi che le retroguardie lo sentissero e la gente che si riversava nella piazza da ogni vicolo si ritirasse rapidamente.

Ma da ciascun lato risposero esplosioni più violente del fuoco di cannone, come sembrò inizialmente; in preda al panico cercarono riparo dietro e dentro i cumuli di spazzatura che rendevano accidentato il terreno d'argilla della piazza. Tuttavia nessuno era stato colpito, e infine capirono di essersi sporcati senza motivo, rendendosi ridicoli agli occhi della popolazione. Migliaia di facce sorridenti e strilla acute indicavano che lo spavento dei barbari bianchi era stato notato, e che i fuochi d'artificio, di cui nessun bambino aveva più timore dopo i due anni, li avevano terrorizzati. Coelho, furibondo, a quel punto voleva che i suoi uomini sparassero sulla folla, ma per fortuna Metelho lo trattenne in tempo.

Indecisi sul da farsi, rimasero tutti lì ammucchiati: né Metelho né Coelho sapevano come comportarsi. Camões urlò loro di avanzare comunque verso la strada più larga, in seguito avrebbero potuto aggiustare la direzione con la bussola. Coelho gli ordinò di tacere, ma Metelho si aggrappò al suo suggerimento: qualunque cosa era meglio che restare fermi, così avanzarono. I cinesi li lasciarono allontanare in silenzio, senza compiere un tentativo di accerchiarli. Cessarono anche i fuochi d'artificio. Erano stati scambiati per demoni e la loro partenza fu vista come l'esito delle melodie lamentose dei flauti, dei fuochi d'artificio e di chissà quante preghiere. Tutte le finestre e le porte erano chiuse, solo l'odore di cibo putrido e di molti corpi ammassati era la prova che non stessero attraversando una città fantasma.

Dopo tre ore arrivarono all'alta muraglia nera che avevano visto in lontananza. Era circondata da un profondo fossato asciutto, a lunghi intervalli nelle mura piatte sporgevano torri di guardia semicircolari; era come trovarsi di fronte a uno dei castelli in patria, solo dieci volte più alto e infinitamente più esteso. Si fermarono accanto a un gruppo di alberi spogli. Mancavano dodici uomini, quattro dei quali tornarono nel corso della giornata; uno raccontò di aver subito torture, uno di essere stato attirato in casa da una donna che l'aveva liberato solo dopo che lui l'aveva posseduta, gli altri due non ricordavano assolutamente nulla.

Il mattino seguente Metelho voleva ripartire e costeggiare la città, ma la guida cinese glielo impedì, la città era troppo vasta, doveva mandare un'ambasciata al mandarino per chiedere il permesso di attraversarla. La guida gesticolò verso una delle torri di guardia, uno stretto cancello si aprì sopra l'argine del fossato. Coelho e due soldati, armati di coraggio, entrarono, portando con sé una delle casse di doni destinati all'imperatore.

Passarono tre giorni prima che le mura si aprissero di nuovo per far uscire i tre messaggeri. La risposta del mandarino fu che la delegazione sarebbe stata scortata attraverso lo Hunan fino alle rive del lago Dongting, oltre non si estendeva la sua giurisdizione. Ma prima andava ammainato lo stendardo con l'arrogante scritta, non esistevano paesi che non fossero tributari e sottomessi all'imperatore. Dopodiché i barbari sarebbero stati scortati attraverso la città, ma erano indegni di ammirare le meraviglie dell'eterna Xiangtan: li avrebbero condotti bendati lungo le sue strade e i suoi palazzi. L'alternativa era quella di seguire il perimetro delle mura, ma ci sarebbero voluti molti, molti giorni.

Si tenne un consiglio. Il disastro aveva cancellato ogni rango, ognuno dava la sua opinione. I più, per accorciare il cammino, erano disposti a cedere e farsi condurre attraverso la città, malgrado fosse umiliante. Ma Metelho, Camões e pochi altri furono irremovibili: meglio restare fuori dalla città che consegnarsi bendati nelle loro mani. Una volta dentro le mura, chi garantiva che ne sarebbero più usciti?

Vinse la minoranza e il giorno successivo s'incamminarono lenti lungo le mura, preceduti da quattro guide e seguiti da una folta guarnigione di soldati. La distanza tra le torri era a volte di mezzo miglio, altre di cento metri. Le mura erano alte ovunque, in un punto erano mezze diroccate e permisero di vedere uno scorcio della città, che si estendeva a perdita d'occhio verso l'interno.

Si fece notte, ma non si fermarono. I portoghesi speravano di ritrovarsi nella pianura allo spuntare del giorno. Sulla torre erano accese lanterne, i rumori della città non cessarono a nessuna ora. Al sorgere del sole il panorama era lo stesso: da una parte gruppi sparsi di case, dall'altra il fossato asciutto, le mura, le torri. Storditi e demoralizzati, i portoghesi continuarono ad avanzare; una mandria chiusa tra le guide mute in testa e la scorta militare in coda. Di colpo Camões, che ora procedeva a fianco alla portantina di Metelho, si fermò, lanciò un grido e raccolse un brandello di stoffa a cui aveva legato una pietra. "Stop!". Metelho sporse la testa fuori dalla portantina, poi si alzò.

"Non usciremo mai di qui. È come pensavo. Ieri sera al buio ho gettato questa pietra avvolta in un pezzo di stoffa. Ci stanno facendo girare intorno alla città per impressionarci con la sua grandezza. Prendete in ostaggio le guide".

I soldati afferrarono le guide, i soldati cinesi si precipitarono in loro soccorso, ma pochi spari li tennero a distanza; non si arrivò a uno scontro.

Sotto la minaccia di morte, col moschetto puntato alla nuca, le guide li portarono lontano dalla città. Lo stendardo fu srotolato nuovamente. Non si voltarono indietro, accelerarono sempre più il passo. Solo nel pomeriggio poterono riposare, nessuno era più in grado di proseguire. La città, che era sembrata così enorme e insormontabile, si stendeva ora bassa e insignificante all'orizzonte sotto il sole calante, una grande nuvola riusciva a coprirla.

Andarono diretti verso nord: spesso non c'erano strade e passarono attraverso piane di rocce friabili, molli risaie, da principio una sensazione piacevole per i piedi sanguinanti, ma presto insopportabile quando dovettero tirare fuori ogni passo dal fango. Finalmente raggiunsero uno stretto fiume, secondo le guide era un affluente del Fiume Azzurro, mentre altri ritenevano che si gettasse nel lago Dongting, in ogni caso potevano seguirlo. Allestirono l'accampamento; ai malati fu consentito di riposare, mentre gli altri andarono in cerca di imbarcazioni. Dopo una settimana fecero ritorno con quattro piccoli scafi, in grado di ospitare non più di metà della compagnia. Il resto marciò lungo l'argine. All'inizio le barche procedevano lente, per via delle sinuosità e della poca corrente, chi si muoveva a piedi aspettava per ore il loro arrivo all'accampamento. Ma poi la corrente aumentò e il fiume si fece più rettilineo, le imbarcazioni venivano perse di vista e spesso chi restava a terra riusciva a ricongiungersi solo a notte fonda. E infine una notte Camões e i dieci soldati a piedi non videro più le barche, nemmeno il mattino successivo. Erano abbandonati al loro destino sull'argine di una grande distesa di acqua gialla. La sponda opposta non si scorgeva, nessuna traccia delle barche. Continuarono ad aspettare. Erano passate dall'altra parte o si erano ribaltate? Poi intravidero in lontananza una macchia nera in avvicinamento, e verso sera uno dei soldati la raggiunse a nuoto. Era una delle barche. Smarrita o abbandonata?

Sorse una nuova disputa. La metà dei soldati s'imbarcò in cerca della delegazione. Non fecero ritorno. Camões sentì rivivere in sé un desiderio che ormai credeva sepolto. Era di nuovo libero, solo nel grande impero. Poteva andare dove desiderava. E tornò indietro, portando con sé pochi altri, per raggiungere di nuovo Macao o morire lentamente nella sterminata pianura deserta.

E arrivò il giorno in cui Camões, senza compagni, con solo una piccola scorta di acqua e cibo, si sedette davanti a una delle pietre che aveva aiutato a erigere nel viaggio di andata. Ora aveva l'immensità del cielo e della terra solo per sé, nessuno sarebbe più venuto a disturbarlo e tormentarlo. Lisbona, Macao, sembravano lontane come stelle ormai spente, in un tempo altrettanto remoto.

Eppure anche questa era una forma di prigionia.

Ma non si preoccupò, rimase calmo con la schiena poggiata alla roccia. Quando a mezzogiorno il sole divenne troppo forte e insidioso, si trascinò verso un boschetto di bambù. Da lì tese un agguato a un contadino di passaggio, lo tramortì colpendolo con una pietra, lo derubò della provvista di cibo e acqua, e indossò i suoi abiti. Fece tutto con calma. Era arrivato in Cina da soldato, ma non lo turbò che lì la sua prima azione fosse quella di un brigante. Stordito, si diresse verso sud. Al sorgere del sole si guardò di nuovo indietro; il boschetto di bambù e la pietra sembravano ancora vicini. Accelerò il passo, senza più voltarsi, ma ebbe la sensazione che presto qualcuno avrebbe preso il suo posto accanto a quella pietra, e che lui invece si sarebbe smarrito nel deserto.

Capitolo ottavo

I

Questa vita continuò per anni, ormai sbarcavo solo di rado; avevo perso il contatto con la terraferma, come accade a molti che vanno per mare. Ogni tanto captavo qualche notizia: guerra tra Bolivia e Paraguay; un esattore si appropria indebitamente di diecimila sterline dalle casse comunali; la terza figlia del conte di Middlesbrough e il secondo figlio di Lord Leverhulme si sposano. Credete che notizie simili mi facessero provare un legame con la vita di lì? Tuttavia gli altri amavano leggerle e ne parlavano per ore.

C'erano solo due posti dove ogni tanto scendevo a terra. Sulla costa di Taishan si estendeva per ore una spiaggia gialla, l'interno celato da una parete verticale di ardesia. Qui, lungo questo litorale camminavo per ore, solo per riuscire a stancarmi, così nei giorni successivi potevo trovare un certo conforto nel restare disteso sulla piccola branda in cabina. E poi c'era il Dongshan, una penisola dove gli alberi, a differenza di altri luoghi della Cina, non erano stati sradicati. Quelli che c'erano avevano raggiunto una vecchiaia considerevole e filtravano tenue luce e ombra sui giardini sottostanti. Lì percorrevo i sentieri deserti, fra i tronchi massicci e le grosse urne non incontravo anima viva; dimenticando la mia vita penetravo in una Cina antica, ancora ben protetta dalle sue mura, dove ancora nessuna nave aveva portato stranieri da luoghi lontani.

Nel giardino di Tsung El, dalla parte dell'acqua, sentivo sotto i piedi un terreno buono, in quello di Ho Kam Yong dimenticavo il mare; in quello di Djou Shuan Wang, situato al centro dell'isola, dovevo esserci già stato, perché in quel labirinto non mi sono mai smarrito, tutti i sentieri mi erano familiari.

Sì, fu proprio in quel giardino che per la prima volta provai la sensazione di essere già stato in quei luoghi, quando, invece di dirigermi verso la casa, presi un sentiero laterale lungo cespugli incurvati e arrivai sul retro, a un gazebo con le finestre ricoperte da uno strato verde. Un vetro era rotto, ma non per questo l'interno era più luminoso. Mi fermai lì. Solo un passo e il tempo si sarebbe suddiviso in due, io sarei diventato un altro, con un altro volto, altre mani, altri occhi e altro sangue; sempre io, però dimentico di me stesso. Mi assalì una paura, come se in preda a vertigini mi lanciassi giù da una torre verso un terreno che nel cadere sprofonda sempre più in basso; indietreggiai e ripresi il sentiero, con la sensazione di essere sul ponte di una nave che affonda. Corsi fuori dal giardino, andai dritto al luogo di attracco, mi feci accompagnare a bordo da una scialuppa, e solo nella mia cabina riuscii a riprendermi. Strano che per sentirmi di nuovo sicuro di me stesso avevo dovuto abbandonare la terraferma.

Me stesso. Ancora non sono vecchio e già ho disimparato a vivere. Volevo mantenermi in solitudine e sono entrato in contatto con tutte le brutture generate dal mondo.

Mi sento grigio e sudaticcio, non riesco mai a sciacquarmi di dosso questa patina. Riuscirò a bere di nuovo dalla vita senza disgusto, a sentirmi accarezzare la pelle da una brezza pura, dal mare, non infettata dai miasmi di una nave che imputridisce o di una città che partorisce gente? E a camminare in una pineta, accompagnato solo dalla mia ombra? A lasciarmi circondare da un freddo ruscello, a farmi insegnare dai fiori...

Mai più. Sono stato contaminato dal contatto con molti che hanno lasciato insozzare le proprie vite e hanno insudiciato anche la mia – e io ho tollerato l'umiliazione della loro vicinanza. Posso trovare salvezza solo in un'altra vita. Sta aspettando, è come una veste priva di forma, non indossata da tempo, che aspetta di accogliermi e rendermi invisibile ai miei contemporanei. Ma non ho il coraggio di mollare questi vecchi abiti logori. C'è un'altra persona nella mia vita attuale che può salvarmi. Ma è per me irraggiungibile. Quando approdo in un porto, lei se ne va, quando giro intorno a quest'isola e torno indietro per incontrarla, cambia anche lei direzione, e se attraverso l'isola in mezzo, lei sfugge. Lasciami saltare a bordo, remare via e vivere per quello che sono diventato, non più per quello che ero. Il solo pensiero che lei viva lì in lontananza, immortale e irraggiungibile!

Ma il mattino successivo tutto era tornato alla normalità, ero steso sulla branda stretta e troppo corta, stanco della nottata afosa, stordito dal giorno precedente, e bevvi il caffè tiepido che mi portò il mozzo.

II

Pochi mesi dopo eravamo di nuovo ormeggiati davanti al Dongshan. C'era un caldo opprimente nel porto, in mare e a terra; un'afa persistente come si trova solo in Cina. Eppure si lavorava a ciascun portello e tutti quanti (non c'era un grande equipaggio su questa nave) erano impegnati nelle operazioni di carico. Io ero l'unico a non fare nulla, negli ultimi tempi avevo commesso continui errori nei conteggi e preferivano fare a meno di me, così mi era stato beffardamente comunicato. Non me ne dispiacevo, ma questa volta avrei preferito partecipare e sfiancarmi accanto al portello. Altrimenti stare a bordo era intollerabile. Afa, chiasso, fetore e indolenza mi spinsero a lasciare la nave, io non volevo scendere a terra, ma fu più forte di me.

Sbarcai sull'isola e cominciai a camminare. Avrei voluto sedermi tranquillo contro un muro, ma non appena lo feci sentii la terra rovente sotto il corpo, che sembrò prendere fuoco a sua volta. Dovevo camminare e andai dove non volevo. Fu così che accadde.

Mi fermai davanti al gazebo in muratura, dove c'era un po' di refrigerio. Divenne man mano sempre più fresco, più gelido e buio, e l'interno fu rischiarato da un giallo crepuscolo. Dentro era vuoto, pensai, finché non vidi un uomo seduto; non riuscivo a vederne il volto, portava abiti di quelli indossati secoli prima. Era seduto a scrivere, su un'alta cassa nera c'erano rotoli di pergamena, che a volte ondeggiavano avanti e indietro, come pezzi di corteccia di betulla o trucioli di legno al vento che per un istante si alza in un angolo remoto del bosco, o in una bottega abbandonata. Sembrava che per quell'uomo intento a scrivere il mondo non esistesse, solo di quando in quando lo vedevo serrare il pugno, in preda a un brivido di sofferenza;

per un attimo si arrestò, poi riprese a scrivere. Cosa c'entravo io con quello scrittore? Su, era ora di andare, ma poi mi accorsi che non ero più me stesso. Ero scomparso. Non c'ero più, né ero in cammino verso la spiaggia. Dunque dov'ero? Non ero mica quello scrittore, proprio questo no! Avrei voluto gridare, cacciarlo via, come un animale che ci assale sul sentiero di notte, ma non avevo lingua, né membra, eppure il sudore gocciolava a terra – ma non era forse il mio sangue, incolore per l'estrema vecchiaia? Non stavo recuperando lo svantaggio con la morte, a breve non sarei stato un mucchietto di polvere in un'urna dal collo stretto? Meglio questo che essere lui, che in un destino, in un destino...

Si alzò e a passo lentissimo venne verso la finestra, era vicinissimo; non distinguevo il viso, ma era questione di poco, poi avrebbe toccato il vetro verde e l'avrei visto, dopodiché si sarebbe ritirato e io sarei stato *lui*. Il vetro tintinnò, e io fissai la mia mano insanguinata. Dentro, al di là del vetro rotto, era buio, c'era solo una mano che si muoveva su e giù sulla grigia pergamena, l'altra che pendeva fiacca, un occhio che fissava quella mano, e accanto un'orbita vuota dai contorni rossi. Potevo sfuggire, il mio corpo si trascinò attraverso il giardino; poi fu come se in un salto avessi raggiunto il pontile... A lentezza angosciante il sampan si avvicinò a salvarmi, mi prelevò e mi trasportò a bordo. Vidi la sudicia nave nera in acqua come fosse l'unico luogo sicuro al mondo, la stessa nave da cui – per quanto tempo? un paio d'ore – ero fuggito pieno di disgusto. Un balzo sul barcarizzo, un dollaro in una mano esterrefatta, la fuga era riuscita!

Ansimando nella mia cabina sentivo però che una parte di me era già stata sottratta e trasformata, come per l'influsso e le secrezioni di un tumore maligno che, una volta attecchito, modifica un organismo. Ero pur sempre il marconista, che faceva il suo lavoro di inviare e ricevere telegrammi, che parlava alla pari con il resto dell'equipaggio, ma già pensavo in lunghe frasi complesse alle conseguenze di vicende a me ancora sconosciute, delusione, esilio, amore per una donna, per un paese, entrambi immeritevoli, entrambi irraggiungibili e proprio per questo tanto attraenti.

Quale paese, quale donna? Non lo sapevo e non volevo saperlo, poiché se avessi saputo anche quello... Ma non ero forse stato liberato da quell'insopportabile esistenza a bordo? Già, ed esiliato nei confini di un'altra ancora più orribile. Questo no, questo no! Meglio allora restare l'uomo, l'essere seduto nel suo bugigattolo, con la cuffia in testa, che vaga insieme a una sudicia nave sull'immensa, calda e odiata acqua.

Il frastuono del lavoro procedeva sotto lampade ad arco. In cabina c'era una lucina accesa, tutto era in ordine, non era forse un posto sicuro? Non ero libero? A terra non avevo un luogo né una persona da cui desiderassi andare, potevo licenziarmi quando volevo. Dopo un'ora cessarono le operazioni di carico e vennero spente le luci. La nave sarebbe partita l'indomani con il giorno. Giacevo tra il silenzio del ferro caldo e il legno, senza dormire. Ciò che avevo temuto non era successo, mi sentivo lucido e libero, più di quanto fossi stato negli ultimi anni. Tutto si sarebbe sistemato, io sarei stato soddisfatto della mia vita, dove nessuno poteva penetrare, e così non sarebbe stato male, anzi, meglio che altrove sulla terraferma. Se solo uno potesse disabituare la mente a pensare e il corpo a desiderare di muoversi, allora avrebbe funzionato, sarebbe stata una bella vita. Ero sollevato, accarezzai i bordi della mia branda, che mi conteneva perfettamente. Fluttuavo nell'aria e a metà della notte scivolai in un sonno leggero privo di sogni.

Il mattino seguente la mia ebbrezza di libertà era svanita. Ero di nuovo il marconista su una nave da carico, il peggio del peggio, la mia mano destra era fuori uso, così dovetti codificare con la sinistra e ora, in pieno giorno, con la barca al largo, provai di nuovo angoscia. Passato qualche giorno, quando la mano era migliorata, mi sentii meno oppresso, specie dopo aver preso la ferma decisione di non scendere mai più a terra in Cina, se non a Hong Kong, che ancora era passabile. Prima la Cina mi era sembrata solo sudicia e disgustosa, non vi conoscevo che i *coolie*, le banchine e le aree portuali, poi di colpo avevo visto ciò che c'era al di là: la piana gigantesca disseminata di campi riarsi, che la gente doveva concimare da sé per ottenere un po' di raccolto, vivendo cioè dei propri escrementi; in quei campi le tombe a milioni, le città in cui la sovrappopolazione si riversava tutt'intorno, dove il tanfo di cibo e cadavere gareggiava con i miasmi dei vivi ammorbati; e tra questi i draghi con i loro sogghigni e le effigi di divinità, la struggente vecchiaia senza fine di tutto ciò.

Adesso ero lontano da quella miseria, rassegnato e sogghignante come gli stessi cinesi, riuscivo a disprezzarla. Sapevo ormai per esperienza che la più grande miseria non dimora in un corpo affamato e moribondo, bensì in un animo tormentato. Mi avvinghiai disperatamente a ciò che restava della vecchia vita, per rafforzarla presi a frequentare i miei compagni di sventura, gli altri marinai, come a volermi circondare del loro chiasso, partecipavo alle loro conversazioni, bevevo con loro.

All'inizio ricevetti un'accoglienza calorosa all'interno della piccola cerchia: come i devoti si rallegrano della conversione di un credente, così gli ubriachi si rallegrano della caduta di un sobrio. Ma in seguito cominciarono a prendersi gioco di me, con il mio passato non ero proprio uno di loro, e in modo arrogante lo usavo come barriera. Non ci riuscivo. È difficile civilizzarsi, ma ancor più fingersi rozzi quando non lo si è. Poi incominciarono a evitarmi. La vita a bordo divenne un inferno, mille volte più insopportabile di quella vera, poiché è così ristretta.

E mille volte peggio diventava quando, di notte, mi ritrovavo da solo nella mia cabina. All'inizio accadeva solo che si restringesse, sempre di più, fin quasi a soffocarmi; diventava una cella, staccata dalla nave, le profondità della terraferma cinese premevano contro le pareti. A volte ne evadevo, entravo nella cabina radio e restavo sconvolto dalle apparecchiature, che si erano trasformate in strumenti di tortura, primitivi e raffinati. Fuggivo dall'angusta cella, come il proiettile sparato da un fucile, e crollavo su una distesa infinita, gialla e crudele. Da solo: sulla terra nient'altro che puntini disseminati sulla pianura, pietre irremovibili e grigi avvoltoi che si libravano sotto la volta celeste.

Di mattina, al risveglio, la situazione mi pareva sempre più disperata; sarei diventato una facile preda se non avessi contrapposto una personalità più forte, ma cosa dovevo fare io, l'uomo più sradicato e imbastardito al mondo? Infine prese ad assalirmi anche mentre ero seduto di guardia con le cuffie in testa. Segnali che nessun trasmettitore avrebbe potuto inviare continuavano a frapporsi tra il mio ascolto e gli altri segnali. Non osavo trascriverli, sebbene a volte venisse fuori qualcosa che somigliava a una parola, ma per fortuna conoscevo solo l'inglese e il francese. Due parole ricorrevano più volte, ma riuscivo a dimenticarle. Il sogno della cella e della pianura peggiorò.

Dopo tre mesi entrammo a Hong Kong, in tutto quel tempo avevo mantenuto la promessa di non mettere piede a terra. Fui convocato nell'ufficio della compagnia. Non ero più abituato a camminare, ero diventato come gli altri: dopo dieci passi montai su un risciò, senza dire né chiedere nulla il *coolie* mi trasportò nel quartiere proibito, in una di quelle case trascorsi mezz'ora con una giapponese. Per la prima volta dopo mesi un po' di vita. Per l'ultima volta? Tenerezza, malinconia e l'amaro retrogusto che lascia tutto quello. In ufficio mi offrirono un posto su una nave diretta in Inghilterra, il capitano aveva riferito che soffrivo di un disturbo nervoso. Ci pensai su per un minuto e rifiutai, dicendo che non era nulla. Ormai era tardi, qualche mese prima avrei afferrato al volo quell'opportunità di salvezza, ora non più, non potevo fuggire, l'inseguimento a grande distanza sarebbe stato peggiore.

Mi tennero sulla nave. Rimase due notti nella baia, vicino all'isola di Stonecutter; dormii un sonno tranquillo e profondo, come accade a molti condannati la loro ultima notte. Avevo ancora tempo.

III

Di sera lasciammo nuovamente la baia. Era brutto tempo, un misto di schiuma e pioggia si riversava sulla prua, talvolta fino al ponte. Al buio la macchia bianca dell'isola di Waglan sembrava un fantasma e, mentre prendevamo il largo, la boa che sempre risuona in quel punto emanava con lunghi intervalli il muggito di una mucca al macello. Poi gli scogli di Ling Tin, infine le isole dei Ladri e ci ritrovammo in mare aperto, a notte fonda.

Potei restare a letto fino alle quattro, poi dovevo registrare i bollettini meteorologici. Mi svegliai in tempo, ma era come se avessi dormito per mesi e al momento non avessi bisogno di altro sonno, tanto mi sentivo riposato, sapevo per certo che sarebbe incominciata una nuova vita, anche se eravamo in mezzo al mare. Accesi la corrente e aspettai, con le immancabili cuffie in testa, il bollettino di Zi-Ka-Wei, dove i gesuiti osservano l'atmosfera del Mar Giallo e del Mar Cinese Meridionale, e danno segnale di tempesta alle navi. Vegliano sulle imbarcazioni, come altri sulla salvezza dell'anima. Hanno molti peccati da espiare. Ci volle un po', nell'attesa leggevo, e infine udii il segnale preliminare, ero pronto: *tifone proveniente dal nord di Luzon, si muove in direzione sud ovest, a velocità...*

Sentii qualcosa di freddo sulla fronte, provai a scacciarlo, sempre intento a ricevere i segnali, ma la mia mano venne trattenuta, un'altra mano mi strinse il collo, un'altra ancora mi tirò via le dita dal tasto di ricezione, e più mani insieme mi strapparono le cuffie.

Da dove venivano così all'improvviso? Per un attimo riuscii ad alzare lo sguardo, poi fui costretto a riabbassare la testa. La cabina radio era piena di gialli, non avrei mai creduto che potessero entrarci tante persone; di bianchi ne sarebbero bastati la metà. Anche senza la pistola alla tempia non sarei stato in grado di opporre resistenza. Non riuscivo a muovermi, la cabina era piena. Mi legarono, poi una parte uscì fuori, ne rimasero quattro, uno distrusse la dinamo; si capiva che erano esperti. Dovetti indicare dov'erano le componenti e distrussero anche quelle. Poi mi fecero uscire. Il ponte era pieno di cinesi, in mezzo a loro il capitano e gli ufficiali. Fummo spinti tutti quanti dentro una cabina. Alcuni erano feriti e all'inizio poterono sdraiarsi, ma poi vennero infilati da noi anche i macchinisti, uno a uno, cosicché tutti dovettero tornare in piedi.

Non era niente di particolare, se non si opponeva resistenza e si restava tranquilli ad aspettare: la nave veniva deviata in una baia poco profonda dove si sarebbe arenata. Poi i pirati lasciavano la nave con gli oggetti di valore, sbarcavano da qualche parte tra le montagne e sparivano immediatamente. E si restava a bordo finché una torpediniera con basso pescaggio veniva a prelevare il resto dell'equipaggio, o una tempesta dava il colpo di grazia. Era impossibile catturare i pirati e disincagliare la nave. Il corso delle cose era questo. Se la torpediniera arrivava in fretta e si erano mantenuti i propri effetti, ci si arruolava con calma su un'altra nave. E il danno della compagnia veniva coperto dall'assicurazione.

Stavolta le cose andarono in modo diverso, spaventosamente diverso. In genere erano dieci o venti uomini ad attaccare la nave, questa banda ne contava almeno cento, la metà dei passeggeri. Poi il modo in cui avevano agito dimostrava che fra loro c'erano combattenti ma anche capi. Altrimenti toccava a uno degli ufficiali governare la nave con un paio di pistole puntate dagli angoli del ponte. Questi non avevano bisogno di un timoniere. La terza cosa era... il tifone, di cui solo io sapevo. Se continuavano ad andare dritti verso la costa non avremmo potuto evitarlo, perché gli stavamo andando incontro.

Per fortuna il capitano era accanto a me, e potei sussurrargli all'orecchio l'imminente catastrofe, senza seminare il panico tra gli altri. Impallidì, mi fece cenno di tacere e di aspettare che uno dei cinesi si avvicinasse, per chiedere di parlare con il capo. Ci volle fino al mattino, poi ci portarono qualcosa da mangiare, in realtà una cosa ridicola. Non avevamo le mani libere, né lo spazio per portare il cibo alla bocca. Lasciarono tutto sul bordo di un armadietto, a mo' di provocazione. Cercai di far capire che volevo parlare con il capo, e lo stesso fece il capitano, ma non fummo compresi.

Per fortuna avevano fatto prigioniero anche il *comprador* cinese. Probabilmente era coinvolto nel complotto, ma era evidente che anche in questo caso volevano salvargli la faccia. Per questo il *comprador* sopportò la fame, la sete e un mezzo soffocamento insieme a noi, solo per l'apparenza – e devo dire con grande compostezza. Dunque era ancora soggetto all'autorità del capitano e tradusse la sua richiesta.

Un quarto d'ora dopo io e il *comprador* fummo slegati e condotti nella cabina del capitano. Dentro c'erano cinque cinesi. Sul tavolo le pistole in mezzo a bottiglie di whisky. Quattro erano seduti sulla branda, il quinto occupava la sedia del capitano. Da sotto una maschera nera uscivano lunghi baffi grigi. L'uomo era molto grasso e quasi non si muoveva. Mi venne il sospetto che fosse un bianco. I cinesi interrogavano, il *comprador* traduceva e uno dei quattro ritraduceva. Comunicai l'ultimo segnale ricevuto e li avvisai che continuando per quella rotta ci saremmo imbattuti in un tifone. Il capo mormorò qualcosa di incomprensibile, poi fummo di nuovo spintonati fino alla cabina dove ci tenevano in ostaggio. Il *comprador* mi bisbigliò: "Grazie alla sua somma sapienza, sa tutto di correnti e tifoni, non ha bisogno delle apparecchiature occidentali".

Bene, pensai, come non detto, spero che allora venga travolto, lui e la sua somma sapienza. Ma in realtà mi aspettavo che ne avrebbe approfittato, che avrebbe fatto cambiare la rotta. Mi sbagliavo, ma sono convinto che lui, e solo lui, avesse compreso l'importanza dell'avvertimento, ma di fronte agli altri dovesse fingere disinteresse, per non minare la propria autorità.

Tuttavia all'inizio sembrò che la sapienza del capo fosse superiore alle sofisticate apparecchiature di Zi-Ka-Wei. Per due giorni navigammo su un mare piatto. Ci allentarono leggermente le corde, i malati più gravi poterono stendersi nelle due cuccette e riuscimmo a mangiare qualcosa. A soffrire maggiormente furono il capitano e il secondo macchinista, perché in alcun modo ci venne dato dell'alcol. Specie il capitano peggiorava a vista d'occhio, tremava, balbettava e piangeva.

Ma poi la terza notte arrivò, nonostante la sapienza del capo. Noi non vedemmo niente della tempesta. Ormai nessuno riusciva più a stare disteso eppure a tratti eravamo a terra gli uni sopra gli altri. Andò avanti per due giorni. Morirono in tre. Il capitano impazzì e cominciò a mordere, a pugni gli ruppero tutti i denti. I superstiti respiravano a fatica. Se fosse durato qualche ora in più, saremmo tutti morti soffocati. Ma la porta si aprì, era mattina, c'era meno vento, le onde si alzavano ancora come palazzi. E la situazione migliorò velocemente. Nel pomeriggio ci portarono sul ponte, ci fecero alzare a furia di secchiate d'acqua e dovemmo trascinare i cadaveri vicino al parapetto. Ci rifiutammo di gettarli in mare, rimasero lì distesi per ore, finché arrivò un'ultima ondata gigantesca che si accollò il compito e li trascinò via tutti.

Com'è possibile che il giorno dopo fosse così tranquillo? Il mare non era più una massa vorticante, fluttuavamo in una soffice foschia bluastra, affiancati da sporadiche isole marroni e con brandelli di nuvole sopra di noi. Non ci sentivamo più il corpo, ormai insensibili a dolore e spossatezza. Era come se l'uragano avesse annullato la forza di gravità. Continuammo a navigare, le nuvole si diradarono del tutto, ma le isole si facevano già più numerose, di sera ce n'erano schiere di fronte a una bassa costa nebbiosa. Il cielo che la sormontava pareva il mondo reale, dove, tra scogliere a picco, si aprivano larghe fenditure sui mari azzurri.

In mezzo a tutto questo la *Loch Catherine* galleggiava come un corpo estraneo, una meteora, scagliata su un pianeta ancora fluido, immobile ma non ancora solidificato. Così la barca scivolò nella baia.

Il mattino seguente eravamo a cento metri dalla costa sabbiosa. Stavolta i pirati non sembravano accontentarsi di trafugare denaro e oggetti di valore. Tutte le apparecchiature, gli attrezzi di ferro e rame, l'equipaggiamento sciolto e le provviste furono sbarcati e trasportati da centinaia di *coolie* in un capannone situato nell'entroterra. Anche le scialuppe furono tirate giù e portate a riva. Tutto indicava che i pirati non volessero solo imbarcarsi da passeggeri, ma – come nei vecchi tempi – avessero intenzione di equipaggiare delle giunche pirata. Probabilmente avevamo ospitato a bordo una missione incaricata di procacciare materiali.

IV

Dopo che la *Loch Catherine* venne meticolosamente saccheggiata, fino ad assomigliare a uno spoglio relitto, fecero sbarcare anche noi. Legati a due a due per un braccio e scortati da quattro soldati cinesi, ci portarono a terra. Poi accesero i motori e sciolsero gli ormeggi, la nave attraversò la baia alla deriva e subito si arenò. I motori girarono a vuoto per un po', quindi si arrestarono gracchiando. La nave formava una nuova scogliera all'ingresso della baia.

A terra avevano portato anche il calderone di ferro nero in cui veniva sempre cucinato il cibo per i passeggeri del ponte. Il cuoco era impegnato a prepararci da mangiare. Poi ci mettemmo in fila e il *comprador* si mise a distribuire le razioni. Finalmente aveva gettato la maschera di compagno di prigionia e ci porgeva le scodelle con un ghigno. Vedeva il lato comico della situazione ribaltata con una sensibilità quasi occidentale. Ma ad alcuni di noi, che odiava particolarmente, mollò un calcio, e sputò in faccia al macchinista.

Avevamo poco tempo per svuotare le scodelle. Presto ci fecero alzare a suon di calci, ci bendarono e ci portarono via. Era per condurci alla morte? E allora perché ci avevano sfamati? O era stata una sottile tortura? Camminammo per ore nell'incertezza, probabilmente solo in pochi provarono una reale paura della morte, per alcuni sarà stato più che altro un desiderio. Ma il terrore della tortura ci accomunava tutti, a questo ancora nessuno era insensibile. Chi inciampando usciva dalla fila veniva immediatamente spinto al suo posto, a dimostrazione di quanto fosse numerosa la nostra scorta. Arrancammo così per ore, già il caldo aumentava, dall'alto il sole batteva sempre più violento sulle nostre teste scoperte. Se invece degli occhi ci avessero bendato il cranio sarebbe stato un sollievo.

Di colpo i raggi persero vigore. Era sera? No, camminavamo tra alte mura, intorno a noi sentivamo i rumori e gli odori di una grande massa di gente. Un chiasso che si faceva sempre più intenso, miasmi di sudore, di carne cotta e bruciata e di pesce avariato; fin troppo spesso avevamo visto cose del genere con i nostri occhi, sapevamo di essere condotti attraverso una città cinese. All'inizio procedemmo su una strada larga, poi ci sgomitarono di continuo per svoltare a qualche angolo. Da ogni parte venivamo afferrati, palpeggiati da mani calde, mani curiose, grandi e ruvide, e piccole mani da bambino; ci affondavano anche le unghie nella carne, tra risatine stridule. A volte uno di noi veniva trascinato dentro una finestra, infilzato con lunghi spilloni e spinto di nuovo fuori.

Questo martirio durò per ore. Poi ci arrestammo di colpo, scontrandoci l'un l'altro come vagoni di un treno dopo una brusca frenata. Udimmo un forte stridore, un vento impetuoso ci sferzò, facendoci sventolare addosso i brandelli dei nostri vestiti, il tanfo di putrefazione svanì. Dietro di noi la città affollata, davanti a noi doveva esserci una sterminata piana deserta. Era come se fossimo stati immersi in olio e mercurio e di colpo riemergessimo nel vuoto assoluto; all'inizio fu doloroso, il respiro accelerò. Poi la gran parte si riprese, per alcuni il cambiamento fu troppo brusco, caddero a terra svenuti; i calci di fucile ebbero un gran da fare per rimetterli in piedi. Riprendemmo il cammino, il vento era sempre forte ma non per questo il sole si attenuò e la distesa era sabbiosa, durante la marcia ci si arrostivano le piante dei piedi. La nostra scorta doveva essersi assottigliata, non venivamo più strattonati nella direzione giusta; molti inciampavano, sbattevano la testa o un braccio su rocce appuntite e proseguivano sanguinanti, a volte si incespicava anche su una massa di legno molliccio e si pestavano ossa umane rinsecchite.

Finalmente fece buio, il sole concesse una tregua alle nostre teste riarse, ma la piana rimase bollente come prima. Le guardie condussero il loro gregge attraverso una porticina dentro un recinto di massi. Ci tolsero le bende, riuscimmo a vedere le stelle sopra di noi. Sul bordo del muro c'erano ciotole di cibo, troppo in alto per raggiungerle; dopo un'ora una mano le distribuì velocemente dall'alto, a indicare che l'uomo poteva girare in tondo. La prigione era dunque per metà sotterranea, l'esterno era al livello della terra – fuggire, ma dove?

Tutti rimasero distesi e dormirono pesantemente, a volte gemendo. Il mattino seguente, molti non riuscirono a rimettersi in piedi e furono lasciati lì. La giornata era meno calda, il suolo più soffice e ondulato. Alcuni sentirono dall'odore che ci avvicinavamo a una grande distesa d'acqua. La raggiungemmo a mezzogiorno circa, la attraversammo al guado per rinfrescarci, ma per dissetarsi fu una delusione, l'acqua era salmastra, quasi salata. La sera ci fermammo nel bel mezzo della pianura. Non c'era più bisogno di una prigione, tutti rimasero stesi laddove gli era stato permesso di crollare.

Lo stesso avvenne il mattino dopo, quando riprendemmo la marcia. Chi era in grado di camminare fu nuovamente bendato. Il terreno era uniforme, ma molti incespicavano nei propri piedi. Verso mezzogiorno chi cadeva non veniva più incitato ad alzarsi, si poteva farlo con calma. Era angosciante essere lasciati tranquilli a quel modo. Riuscii a strapparmi via la benda. In mezzo al deserto più spoglio venivamo abbandonati al nostro destino. In lontananza una striscia nera, che si muoveva lenta come un bruco: la scorta cinese che tornava indietro. Sparpagliati per la pianura, giravamo in tondo, ogni tanto qualcuno cadeva e non si rialzava più. Provai a urlare per raccogliere qualche uomo, ma dalla mia gola riarsa non uscì alcun suono.

Andai dal più vicino, gli allentai la benda e dissi che eravamo liberi. Lui non mi capiva più, si mise seduto e si guardò intorno con aria assente. Mi sedetti anch'io, in attesa della morte. Mi sembrava orribile, giacere lì su quella piana ed essere divorato dagli avvoltoi. Le mie mani presero a scavare una buca, ma non arrivarono in profondità.

Durante la notte si alzò sulla piana un vento freddo, diretto al mare. Attraversò gli afflitti, rinfrescò i loro corpi e allontanò la morte, che già nelle sembianze di avvoltoio era appollaiata su una pietra in attesa di dare inizio al processo di decomposizione.

Tuttavia mi svegliai, molto presto, il sole stava giusto affacciandosi all'orizzonte; un'ombra si posò sui miei piedi e vidi il masso che la proiettava. Era un blocco di basalto esagonale. Pareva ci fossero incisi alcuni caratteri. Ma sapevo che i cinesi, da bambini, hanno la mania di scrivere ovunque. Quindi perché non su questa pietra? Sotto però vidi anche delle lettere latine. Significava che gente della mia razza era stata in questo deserto. E aveva avuto la forza di scolpire lettere su una roccia. Questo non si fa in prossimità della morte, o era stata la loro lapide? Era una lingua che non sapevo leggere. Le lettere erano quasi cancellate.

Era mezzogiorno, la pietra mi servì da rudimentale meridiana, riuscii a determinare una direzione e puntai verso sud. Per poter tornare a Hong Kong? Quasi non ci speravo, ma qualcosa mi spinse ad andare a sud. Forse anche perché quando m'incamminai la guancia sinistra e il collo feriti, rivolti a ovest, restavano in ombra. Il giorno dopo verso sera vidi un puntino nero all'orizzonte, mi avvicinai e trovai un'altra pietra del genere, dunque percorrevo una via già battuta in passato. Provai l'impulso di deviare, non avevo alcuna voglia di calpestare impronte cancellate da tanto tempo. Ma un centinaio di metri dopo c'era dell'acqua in un fosso, acqua torbida e salmastra, eppure non imbevibile per chi pativa la sete da tre giorni. Mi dissetai e presi sonno, ma non volevo dormire lì, proseguii, anche se non per molto.

Il cranio riarso pulsava, i capelli si erano diradati. Di tutti gli europei, solo i portoghesi riescono a sopportare impunemente il sole tropicale a capo scoperto. La ragione avvizziva nella mia testa calda, come se il cervello ribollisse e la vita mi abbandonasse dalla pelle screpolata. Ma volevo essere libero. Ora qui, nel mezzo del più vasto impero sulla terra, lontano dal mare tanto odiato, ero un uomo perduto; nessuno che pensasse a me, che provasse a penetrare la mia anima. Un uomo non può vivere senza ragione, senza sciagure, senza desiderio e avversione. Eppure forse dovevo essere lì per un motivo, e allora sarei sopravvissuto, in qualunque modo. Ma prima bisognava dormire, al fresco. Ancora un miglio e l'avrei trovato, o sarei morto.

Di nuovo una tomba; prima giravo alla larga, temendo che qualcosa fosse in agguato. Ma adesso era diverso, un luogo dove almeno c'era ombra e forse refrigerio. Mi avvicinai. Non era una tomba come tante altre, anche se aveva conservato la forma di un utero. L'ingresso era rivestito di piastrelle di porcellana blu e verde, che nell'arida distesa avevano l'effetto di un'infiorata. La tomba era quasi intatta. Intorno c'erano tre statue di cavalli di pietra grezza, insabbiate fino alla pancia. Mi accomodai sulla sella di uno dei cavalli, saltai giù di nuovo, forse ero già impazzito; in groppa a un cavallo, in mezzo a quel calore bianco, nel deserto giallo e rosso intenso, sotto un limpido cielo azzurro, come un bambino alle giostre, quello sì che era un bel modo di impazzire.

La tomba mi parve un luogo più adatto per riposare. Era così alta e le lisce pietre scure all'entrata erano invitanti. Il mondo mi aveva estromesso. M'infilai nel sepolcro senza provare avversione. Dentro era fresco, spostai da una parte le ossa rinsecchite. Nel buio sbattei contro un'urna. Magari c'era ancora qualcosa dentro, sì, del liquido, ma non osai berlo, malgrado la sete impellente.

Non era forse un rifugio sicuro dalle sciagure che mi minacciavano, così come il grande impero all'interno delle sue mura e catene montuose, protetto da tutto, le invasioni di barbari, il presente e gli stravolgimenti che in futuro avrebbero colpito e sgretolato il mondo intero, quando le forze da esso sprigionate gli si sarebbero ritorte contro? La tomba era la porta attraverso la quale potevo lasciare la mia vita ed entrare nel passato. Sollevai la testa e guardai dall'apertura, il mio sguardo fu attirato da una pietra esagonale, come ne avevo viste in precedenza. Dovetti di nuovo uscire dalla tomba, il profondo passato immobile per secoli di cui ancora non ero parte, mi concentrai su quella pietra da un passato recente, per sfuggire al mio tempo.

Risoluto feci alcuni passi, ma il deserto ondeggiava come un oceano, mi sembrò di veder galleggiare il pezzo di un relitto, o era un naufrago, o ero io? No, io ero qui, ma mi vidi camminare in lontananza, venire verso di me, cercai di scappare da me stesso, ma non ci riuscii: le due persone, di cui non sapevo più quale fossi, si sarebbero fuse. Allora il mormorio del vento si fece più intenso, il cielo lanciò un lungo grido da ogni lato, io caddi a terra e anche il fantasma lì accanto.

Mi risvegliai in una luce gialla, non quella del sole, e la luna non l'avevo mai vista così piena. Mi sforzai di ritrovare il filo dei miei ricordi, ma da ogni parte incontravo solo confusione. All'ultimo non eravamo davanti a una distesa d'acqua, più grande di questo piccolo laghetto, si era prosciugato così tanto? Di certo non avevo dormito per più di qualche giorno.

Cos'era successo prima dell'inizio di questo viaggio della morte attraverso il deserto? Ogni volta tornavo a un naufragio, una tempesta, un assalto dei cinesi, ma era molto tempo prima e all'epoca cinesi a bordo non ne avevamo. Cos'era accaduto dopo? La prigionia, perché? Un viaggio verso nord, a Pechino, perché? Non riconoscevo i vestiti che avevo indosso, neanche quelli a terra accanto a me. Mi avevano fatto prigioniero, poi liberato e me li avevano lasciati qui accanto?

Feci per indossarli, ma si disintegrarono come ragnatele, ne caddero alcune monete; le avevo con me anche mentre ero prigioniero, ma la guardia non aveva voluto accettarle. Più di questo, però, non ricordavo di una prigionia.

Mi guardai intorno disperato, in cerca di qualcosa: in lontananza c'era una pietra che riconobbi, lentamente mi avvicinai. Era una sorta di pietra miliare, eretta per ritrovare la strada del ritorno, ma la scritta era quasi cancellata; con grande difficoltà lessi: *Em nome d'El Rei Nosso Senhor D. João III mandou pôr este letreiro em fé da muita lealdade.*

Mi aggrappai a quella pietra, mi ci appoggiai e dopo un po' fu come se in quella posizione accovacciata mi scorresse dentro una nuova forza, e quando al mattino la luce da gialla divenne rosa, riuscii a proseguire, dapprima molto veloce, poi sempre più lento, come se di nuovo perdessi le forze, poi più veloce per la paura, e infine vidi di nuovo, come un faro nel mare, una pietra esagonale in lontananza...

Capitolo nono

I

A metà dell'Ottocento, quando Macao perdeva sempre più consapevolezza della sua passata potenza e – dimenticata in parte dal proprio paese e del tutto dall'Europa – se ne stava lì sulla sua penisola, sulle scogliere dell'isola rocciosa di Hong Kong venivano costruite grandi case e giardini lussureggianti per i ricchi, che in seguito avrebbero vissuto dei moli e dei cantieri nel lembo di spiaggia sottostante che circondava l'isola, e delle navi destinate a caricare e scaricare nella grande baia ancora deserta. Macao non si preoccupava. Di tanto in tanto arrivava una grossa nave, che restava ormeggiava ben fuori dal porto limaccioso. Per il resto nient'altro che imbarcazioni da cabotaggio a fondo piatto, le piccole *lorchas,* molto richieste come scorta armata per ricchi mercanti cinesi, e qualche sporadica nave di contrabbandieri.

Macao restava immobile. I mercanti erano e continuavano a essere ricchi. Gli altri coloni e gli abitanti cinesi erano e continuavano a essere poveri. Formalmente l'indipendenza della città era stata riconosciuta dall'imperatore quattro secoli dopo la fondazione, poiché ormai non costituiva una minaccia, e nonostante questa libertà i mandarini non negoziavano, come in passato, bensì ordinavano, e in genere i loro ordini venivano eseguiti. La classe dirigente divenne ancora più ricca: il contrabbando di oppio e il traffico di schiavi verso il Sud America fruttavano più del faticoso e onesto commercio di un tempo. Macao non temeva Hong Kong: quale commercio poteva mai nascere intorno a un promontorio spoglio?

Quasi all'improvviso, dopo cinque anni di esistenza come città morta e fallita prima ancora di nascere, Hong Kong spiccò il volo, la baia divenne molto trafficata, i ricchi mercanti cinesi dalla sempre turbolenta Canton vennero a stabilirsi nella pacifica isola. Divenne un porto franco. E Macao seguì il suo esempio, ma cosa importava, significava solo perdere tutti gli introiti della dogana.

Di Hong Kong si continuò a parlare in tono sprezzante, finché non ci fu un esodo di molti tra i mercanti più in vista, le cui famiglie risiedevano a Macao da secoli, di quasi tutti gli artigiani e i negozianti. La vita a Macao divenne pressoché impossibile, non si poteva comprare né farsi fabbricare nulla, tutto doveva arrivare da Hong Kong. Come ultima misura d'emergenza furono introdotti i casinò ed effettivamente, di tanto in tanto, alcuni da Hong Kong presero l'abitudine di andare a perdere a Macao le ricchezze accumulate.

Dal Portogallo arrivavano sempre più funzionari governativi per riassestare le cose, cosicché la situazione divenne sempre più disperata. Infine subentrò una condizione di equilibrio e Macao mantenne un esiguo brandello di vita. Poi intorno al 1900 fu istituito anche un regolare servizio di piroscafi tra Hong Kong e Macao.

Così era come se la città del futuro donasse un'elemosina del suo progresso alla città del passato. Due piroscafi a basso fondo erano gli unici a collegare Macao con il mondo esterno. Nel suo porto non c'erano che poche imbarcazioni fatiscenti e un traghetto ormai inservibile con un antiquato sistema di pale e un monitor obsoleto. I funzionari governativi, i cui salari divoravano gli ultimi introiti della sfortunata colonia, dovevano viaggiare su navi inglesi da Lisbona a Hong Kong e da lì imbarcarsi su una delle due navi di turno.

Un pomeriggio, sulla banchina di legno da cui salpavano queste navi, c'era un uomo magro e malconcio appoggiato a uno dei parabordi. Veniva urtato in continuazione da *coolie* carichi di scatoloni o da frettolosi viaggiatori e quasi scaraventato in acqua, ma non si muoveva più di un ramo scostato che rimbalza indietro. Rimase lì per gran parte del pomeriggio, dopodiché il responsabile del molo, un meticcio, ma per più di metà cinese, andò a chiedergli cosa stesse facendo. L'uomo era convinto di parlare un buon inglese, comunque a un livello di gran lunga più elevato del pidgin. Ma il bianco che aveva di fronte, perché sotto il sudiciume era un bianco, non sembrava capire il suo inglese. Allora arrivò il commissario di bordo, un individuo corpulento e butterato di Macao, che compensava le dimensioni ridotte dell'imbarcazione su cui navigava indossando cinque galloni sulla manica (uno più del capitano del postale). Anche sul berretto ne aveva uno d'oro pesante. Tuttavia preferiva girare scalzo. Il rappresentante dell'autorità si piazzò davanti all'uomo e domandò in portoghese cosa desiderava. Ora quel fannullone rispose immediatamente, ma… in perfetto inglese, cosa che fece infuriare il responsabile del molo. Questi pensò di non essere stato degno di ricevere una risposta e si mise a spiegare al poveretto che, per quanto bianco fosse, era pur sempre un rifiuto paragonato al responsabile del molo, altresì noto come capitano di porto.

L'uomo in attesa lo fissò con occhi inespressivi. Quindi il commissario di bordo, che invece si era accorto di essere compreso, cercò di fargli capire che necessitava di un biglietto per viaggiare a bordo. Se era lì per portare qualche valigia, doveva fermare i passeggeri che scendevano dai risciò, ma per un bianco sarebbe stato quasi impossibile. Se infine non voleva assolutamente niente, avrebbe fatto meglio a non restare appoggiato a quel palo, dove intralciava il passaggio a tutti; piuttosto poteva sedersi su una panchina nel parco. Era senz'altro una soluzione più comoda. Il paria non se ne andò. Rispose – sempre in inglese, facendo di nuovo infuriare il capo del molo – che doveva assolutamente recarsi a Macao, che aveva i soldi, ma nessuno voleva accettarli. Anche se lo avessero cacciato dieci volte dalla nave, avrebbe comunque fatto l'undicesimo tentativo di imbarcarsi. Il commissario di bordo volle dare un'occhiata a quel denaro fuori corso e gli vennero mostrate delle monete che all'inizio gli sembrarono di rame, fece quasi per restituirle con gesto sprezzante. Ma, esaminandole più da vicino, notò una somiglianza con le antiche monete d'oro di Macao – doveva averle viste una volta nella collezione di suo nonno. Quest'uomo era impazzito alla ricerca di tesori, ma pareva proprio che ne avesse trovato uno! Forse da lui si poteva ricavare dell'altro.

"È roba che non vale nulla. Ma per tre di queste posso farti avere un passaggio in terza classe".

"Devo proprio alloggiare nell'interponte, io che un tempo ho preso parte alla grande delegazione diretta a Pechino?".

"Non mi pare che l'incarico ti abbia giovato. Che mansione avevi?".

Fu come se l'uomo venisse riconosciuto, sorpreso a imbrogliare, e trasalì.

"E poi non hai i vestiti adatti per viaggiare in prima classe. Andiamo, da quale festa in maschera hai rubato quest'abito da cerimonia?".

L'uomo indietreggiò di qualche passo, ma si riavvicinò, afferrò il palo quasi ne andasse della sua vita, vi si aggrappò come se non riuscisse più a stare dritto, come se gli mancasse la terra sotto i piedi.

"Perché non parli la tua lingua?", continuò il commissario di bordo in inglese. L'uomo non lo udì, fissava l'acqua, le lacrime gli scorrevano lungo le guance scavate, restavano imprigionate nella barba incolta.

"Ti darò una cabina vuota. Ma non farti vedere in giro prima che tutti i passeggeri siano scesi. Capito?", gridò il commissario, che durante la tratta calcolava di estorcergli il segreto del tesoro o qualunque altra cosa avesse con sé. L'uomo annuì e corse verso la passerella come fosse la sua ultima possibilità di salvezza.

Il commissario lo scortò a prua in una cabina piena di giubbotti di salvataggio ormai marciti, che non veniva aperta da mesi. Eppure l'uomo sembrò felice di restare solo, diede un'altra moneta al commissario, si stravaccò sul sughero in frantumi e non si mosse più. Gli insetti, che all'inizio erano scappati via, pian piano tornarono e gli salirono sui piedi, poi sui vestiti, ma ben presto la schiera abbandonò il campo.

Dopo un'ora l'imbarcazione cominciò a cigolare e ondeggiare, l'uomo fece un sospiro e si tirò su. Poi la porta si aprì, il grasso commissario era lì sulla soglia, dietro di lui un mozzo con un vassoio. Chiese di essere lasciato solo. Ma il ragazzo gli posò il vassoio ai piedi, il commissario si mise a sedere di fronte a lui, sopra un altro mucchio.

"Mangia qualcosa", lo invitò con fare generoso. L'uomo provò, ma non ci riuscì.

"Se hai altre di quelle monete, le cambierò per te. E se vuoi giocare a Fan Tan posso insegnarti un sistema che funzionerà a meraviglia, paragonato al dieci per cento delle banche".

Il commissario attese. Ora sperava di sapere qualcosa sul nascondiglio di quelle monete. Ma l'uomo che aveva di fronte taceva, prese la brocca dell'acqua, la svuotò e fece un sospiro.

"A Macao con quelle monete non potrai fare niente, se è ciò che stai pensando. Neanche i casinò le accettano".

L'uomo estrasse dalla tasca un'altra manciata di monete.

"Non so cosa sia, il Fan Tan. È tutto quel che ho".

"E allora il resto dov'è? Dove le hai trovate?".

"Oh, lontano da qui, molto lontano, nessuno può arrivarci. Ma non ce ne sono più".

Il commissario mise in tasca le monete, diede all'uomo dieci dollari messicani e considerò l'affare concluso. Ripensandoci, si convinse di essere stato fin troppo onesto. Si era mosso a compassione?

II

Il mattino seguente la *Sui An* navigava intorno alla penisola. Sul ponte superiore passeggiavano uomini bianchi in completi bianchi. Su quello inferiore invece si accalcavano i cinesi. Macao era lì immobile e osservava impotente l'arrivo del piroscafo tra le schiere di giunche, che a frotte infestavano la baia, come un grande sobborgo galleggiante. La *Sui An* prese uno stretto corridoio d'acqua e attraccò alla sua banchina malmessa.

I bianchi sbarcarono per primi, si accomodarono sui risciò in attesa e partirono. Poi i passeggeri dell'interponte si riversarono in massa dalla nave sulla banchina. E l'ultimissimo lasciò l'imbarcazione. Il commissario di bordo non lo vide più.

Entrò in città, passò davanti a diversi alberghi e finì in una vecchia pensione in un vicolo. Gli fu data una camera per uno dei suoi dollari. Non c'era altro che un *kang* con un poggiatesta di legno, niente zanzariera. La luce penetrava da una finestrella, in alto tra la parete e il soffitto.

Tolse il poggiatesta dal *kang* e al suo posto ci mise il mucchietto di vestiti, era più caldo ma più soffice. Si coricò e non si mosse più. Un ragazzo, senza farsi sentire, andò a portargli una teiera. Non pareva che avesse sete. Arrivò l'ora di cena. Dalla finestra penetrò l'odore dolciastro di carne rancida e calamari essiccati, insieme a un tintinnio di stoviglie e grida di bambini. Non si mosse; non lo toccavano né il caldo né gli insetti, né il fetore né il baccano. La sua anima al momento aveva abbandonato il miserevole corpo ed era uscita a esplorare la città, che già un secolo prima aveva cominciato la sua agonia, e ormai quasi non esisteva più.

E così trovò facilmente la via per il passato. Era come discendere in una miniera e vedere ogni strato illuminato da una luce fioca. Finalmente raggiunse l'epoca in cui furono edificati i castelli e le prime cattedrali, e il faro di Guia proiettava la sua luce su tutta la baia per indicare la strada alle navi, un fenomeno sconosciuto in Asia. Non riuscì a proseguire oltre. Più in basso, però, vide un altro approdo, qualche tenda su una spiaggia, croci di tombe, capanne di pescatori, un tempio di roccia, ma tutto ciò rimase offuscato e tornò sui suoi passi. Uno dei templi che aveva visto stava bruciando, il fumo si alzava dalle fiamme, masse nere di persone si muovevano lì intorno; cercò di risalire ancora, ma non ci riuscì, si dimenò, afferrato da ogni parte, e si risvegliò sul letto duro, fradicio del sudore della paura. Ora il tanfo e il chiasso erano insopportabili, si girò e rigirò, e al calare del buio uscì dalla pensione.

Fuori però c'era ancora luce, e così rimase a girovagare per le stradine del centro, evitando il lato del mare. Era un continuo alternarsi di quartieri portoghesi e cinesi, così intimamente mescolati come il sangue di entrambe le razze nelle vene degli abitanti di Macao. Solo la Praia Grande era pura come le tre o quattro antiche famiglie che vivevano lì isolate in dimore magnifiche.

Il vento che soffiava dal mare faceva ondeggiare i salici nani sul ciglio della strada e talvolta scagliava una chiazza di spuma oltre la ringhiera. I *coolie* se ne stavano a uguale distanza, seduti sulle pietre. Ogni tanto passava una carrozza. Sulla sponda opposta, dove sembrava piovigginasse, ondeggiavano un paio di giunche.

Si riposò, seduto tra i *coolie*, del pesante viaggio pomeridiano. Adesso era facile vedere tutto l'insieme come un'antica incisione su rame. Quando fu completamente buio, fece per andarsene. Ma sorse la luna e la Praia Grande, le case e i tetti tornarono visibili, ora colorati di un oro antico, finché una nuvola offuscò di nuovo tutto. La cosa si ripeté più volte e nella sua memoria le epoche si susseguirono come l'alta e la bassa marea.

Infine, dopo una prolungata oscurità, si alzò e scorse una croce nera, proiettata nel cielo da una cattedrale su una collina. Nella città bassa la perdeva ogni volta, ma insisté per trovarla, finché d'un tratto giunse ai piedi di una scalinata e vide un'ampia facciata sormontata da una sezione allungata, su cui in lontananza la croce nera si stagliava nel grigio cielo notturno. Lentamente salì la scalinata a capo chino, per non inciampare: i gradini erano pericolanti e scivolosi. Quando non sentì più le scale, sollevò lo sguardo, era ai margini della spianata, il davanti dell'edificio era nero, come un'imponente lapide eretta, dalle vetrate colorate non filtrava alcuna luce. Sapeva che dietro quella superficie morta si nascondeva qualcosa di orribile, non poteva più tornare indietro, era come se alle sue spalle la scalinata fosse crollata e dietro di lui si aprisse un baratro. In preda a vertigini si avvicinò velocemente alla chiesa.

Era lì davanti, le finestre erano alte, la porta chiusa; impilò alcune pietre e, appeso al davanzale di una finestra, infilò il busto all'interno. Vide che dietro la facciata la chiesa era stata erosa e lanciò uno sguardo nello spazio vuoto pavimentato di lapidi. Sui resti di banchi marciti erano appollaiati degli avvoltoi. Cadde all'interno, gli uccelli si alzarono in volo, uno lo sfiorò, facendolo inciampare su un macigno, quindi si ribaltò su un banco del coro ormai infracidito. Si dimenò in una poltiglia di legno molliccio, che gli ostruì gli occhi e il naso. Infine riuscì a rimettersi in piedi mezzo soffocato. Nel frattempo la chiesa era risorta e piena di figure che andavano e venivano, i più si arrampicavano su banchi impilati accanto alle finestre, facendo fuoco all'esterno con pesanti moschetti. Un vecchio monaco a una finestra maneggiava un cannone. Nel frattempo una pallottola fischiò nella chiesa. Era arrivato accanto all'altare. Un uomo in tenuta militare, ma con una ghirlanda di capelli grigi intorno al cranio calvo, gli mise in mano un vecchio fucile, nel nome di Dio. Si posizionò a una finestra e fece scivolare le dita sulla culatta e sulla canna arrugginite. Sul davanzale c'erano delle pallottole. Guardo giù dal pendio della collina su cui era edificata la chiesa, alcune sagome cercavano di scalarla, ne cadevano in continuazione; senza farsi domande incominciò a sparare. Sentiva sulla spalla i rinculi del pesante moschetto, ma non udiva le pallottole che fuoriuscivano e solo dopo qualche secondo vedeva il tremolio del fuoco.

La spettrale battaglia durò molte ore. Alla fine il cielo si fece grigio come se albeggiasse e i difensori, lui compreso, saltarono dalle finestre e scacciarono gli aggressori. Li vide da vicino, all'inizio non capì perché combattesse contro di loro e insieme agli altri, le due parti gli erano ugualmente estranee.

Poi notò che quelli che stava combattendo appartenevano all'ultima razza di cui aveva fatto parte, ma rimase indifferente; allo stesso modo avrebbe potuto voltarsi e battersi al loro fianco contro i difensori della chiesa – ma non lo fece.

Restò immobile, con a terra il moschetto che intendeva usare come mazza. Un negro della compagine avversaria scambiò il suo riposo per paura e lo aggredì; si vide addosso quegli occhi sporgenti e una furia cieca, al pensiero di essere sopraffatto da un uomo di razza schiava, lo spinse ad attaccare di nuovo; balzò indietro e abbatté il negro con il manico del fucile. Quindi si gettò di nuovo tra i combattenti, ora senza più vedere niente, facendosi largo, finché non cadde a terra e lì rimase. Si accorse che gli camminavano sopra, ma non più che venne anche trasportato via.

III

Il mattino seguente il *procurador* era seduto nella stanza più buia e silenziosa della sua casa, ma anche lì sentiva le campane suonare, ed erano tante, per richiamare la popolazione. In tutte le chiese venivano celebrate messe di ringraziamento. L'assenza del *procurador* nella cattedrale si sarebbe fatta notare, rafforzando la sua reputazione di anticlericale. Trattenne la rabbia, incapace di rallegrarsi del salvataggio da quello spinoso assedio.

Se non fosse stato per due episodi, la vittoria della sua piccola guarnigione di duecento uomini (gli altri erano andati in spedizione lungo la costa in cerca di covi di pirati) contro un esercito da sbarco di duemila soldati, sarebbe stata per sempre attribuita a lui. Ma il colpo ben assestato di padre Antonio, che centrò il deposito di polvere da sparo della nave ammiraglia, salvò Macao quand'era sul punto di esaurire le munizioni.

E già nella notte Macao sarebbe caduta, se uno sconosciuto non si fosse unito alla lotta e con straordinario coraggio avesse guidato un attacco, seminando il panico tra gli aggressori. Il forestiero era rimasto svenuto, ferito lievemente, ma era stato accolto come un eroe e lo avevano portato via.

Campos era dovuto andare in visita dall'eroe nell'ospedale domenicano e fu il primo a riconoscerlo.

Da anni ormai si erano perse le tracce della delegazione. Nessuno di loro aveva fatto ritorno; una successiva spedizione, che era riuscita a raggiungere Pechino, non ne aveva avuto notizie. Si era dunque pensato che fossero tutti morti, di fame, o assassinati da cinesi ostili.

Camões.

Più pericoloso di quando era sbarcato qui: se allora lo si poteva tranquillamente far passare per disertore, ora il popolo lo avrebbe osannato, ed era più difficile opporsi al popolo che ai preti. Bisognava a ogni costo renderlo inoffensivo.

Mentre si chinava su di lui ed esaminava con finta compassione il volto dal pallore mortale, il *procurador* elaborò velocemente un piano. Ordinò di portare il malato a casa sua, lo avrebbe assistito il suo medico personale. Era stato un inatteso corteo trionfale, lui stesso in groppa al cavallo davanti alla portantina, ma sapeva bene che l'esultanza era rivolta allo straniero, il cui corpo era coperto da un telo, e non lui.

Dopo un giorno Camões riprese coscienza. Campos aveva dato ordine alla guardia, il suo servitore più anziano che non conosceva il portoghese, di chiamarlo immediatamente appena il malato avesse aperto gli occhi. Con cautela iniziò a fare domande.

"Com'è finita? Dove vi hanno attaccato?".

Dalla prima risposta Campos capì con sollievo che Camões doveva aver perso la memoria e non sapeva più nulla. Con grande soddisfazione uscì dalla stanza del malato. Da costui non avrebbe più avuto problemi, padre Antonio era anziano e presto sarebbe morto. In qualche occasione ancora toccava con mano l'ostilità di Velho, quando una trattativa con un governatore cantonese falliva all'improvviso e senza motivo. E a volte pareva che a Lisbona si fossero dimenticati del possedimento di Macao, a volte per un anno non arrivava una nave, né un'ordinanza. La città si svincolò e rimase isolata nella sua smisurata lontananza, non fu necessario ribellarsi per ottenere la libertà.

Di notte fece trasferire il malato da due uomini di fiducia nella Casa de Misericordia, con l'istruzione precisa di non prestargli buone cure.

Dopo qualche giorno era fuggito, e subito si sparse la voce che l'eroe dell'assedio, il salvatore della città, fosse divenuto un eremita e vivesse in una sorta di caverna sulla collina fuori città: due grandi macigni sormontati da una pietra piatta, a creare una sorta di tettoia, al cui interno era abbastanza fresco e asciutto. Inizialmente la gente si recava da lui in cerca di una cura per i malanni, chiedendo l'imposizione delle mani, ma poiché non dava mai risposta fu presto dimenticato, così non fu necessario l'intervento di Campos.

Prima di essere totalmente fagocitato dall'oblio, ricevette altre due visite. Padre Antonio, che era stato alla guida della difesa della cattedrale di São Paulo, andò da lui desideroso di renderlo un paladino della fede, se possibile un santo, le cui affermazioni confuse potevano essere interpretate come visioni. Ma Camões non disse nulla e fissò il monaco con occhi inespressivi.

La seconda visita fu di Pilar che, a parte suo padre, fu l'unica a riconoscerlo. Quasi cadde in ginocchio quando vide com'era diventato. Lui non la riconobbe, e in fondo ne fu sollevata. Da quando aveva partorito i figli di Ronquilho, si era rassegnata al destino che, ormai lo sapeva, attende quasi ogni donna, tutte le cinesi e pressoché tutte le bianche: quello di prendere per marito un uomo che non amano, per il quale nel migliore dei casi provano indifferenza, di mettere al mondo i suoi figli e crescerli. La profezia di Campos si era compiuta: con l'arrivo dei figli, le passioni illusorie si dileguavano da sole.

Dalla veste tirò fuori dei rotoli di pergamena e li poggiò ai piedi di Camões. Lui sembrò riconoscerli, li accarezzò come fossero la pelle di qualcuno che aveva amato. Pilar lo abbracciò con cautela, non percepì alcuna risposta e se ne andò. Adesso restava seduto a scrivere finché la luce filtrava all'interno da una fessura. Viveva in ciò che scriveva e quando ne era fuori, immobile al buio, cessava di esistere.

Qualche giorno dopo Campos lo mise a bordo di una nave, la più vecchia e cadente della flotta.

IV

Ero svenuto accanto a una pietra, in qualche luogo dell'interno, e mi risvegliai in un sudicio albergo cinese a Macao. Capii dove mi trovavo solo una volta in strada. Ero dunque scampato al disastro della *Loch Catherine.* Forse ero l'unico sopravvissuto. Come avessi fatto, non l'avrei mai scoperto. Mi tornarono in mente episodi onirici come avventure lontane.

Vagai un po' per i vicoli e lungo la rada, dove c'erano solo giunche, scrutai la riva opposta, verso il continente, e presi una birra in un negozio. Bar, bettole e altri locali dove i marinai a terra potessero rifugiarsi qui non esistevano. Avevo sentito dire che a Macao ci sono ancora molte bellezze che risalgono ai vecchi tempi: chiese, monumenti e cose del genere, un antro in cui era vissuto un poeta che scrisse un grande poema sui viaggi di Vasco da Gama. Ma chi andrebbe mai in posti simili? Rimasi seduto nella penombra del negozio e domandai quando sarebbe partita la prossima nave per Hong Kong, perché qui non avrei avuto possibilità di imbarcarmi, lo capivo bene. Solo il giorno dopo. Perciò dovevo ancora aspettare lì.

Per il resto a Macao non c'è niente da fare. In case chiuse dalle spesse mura di pietra si fuma l'oppio, in altre, aperte giorno e notte, poveri *coolie* giocano a Fan Tan, in contanti, e ci saranno anche bordelli. Di portoghesi se ne incontra uno ogni tanto, in genere sono grassi e bolsi e non fanno nulla. Una volta vidi avvicinarsi un corteo. Credevo fossero i pazienti deboli e disturbati di qualche istituto, guidati da un accompagnatore. Quando furono a minore distanza, notai che indossavano uniformi: erano i soldati che avrebbero dovuto proteggere la colonia.

Sul volto mi spuntò un sorriso sprezzante, per un istante mi sentii un inglese, ma il sorriso mi morì sulle labbra.

Passai l'intera serata a vagare per le strade; forse era solo stanchezza, ma alla fine provai un sincero coinvolgimento per il destino di quella colonia.

Più tardi feci una passeggiata verso il mare, dove di giorno si gode un bel panorama. Al buio cominciai a riflettere sul perché mai mi trovassi lì e quale fosse il significato di tutto questo. Di certo mi sarebbe passata una volta imbarcato. Inciampai su un *coolie* che dormiva per metà appoggiato alla ringhiera, e barcollai per qualche passo. L'uomo si mise seduto e mi seguì con lo sguardo. Andai avanti cercando di non pensare.

Tornai in albergo intenzionato a restare nella piccola camera, sebbene il caldo fosse opprimente, fino alla partenza della nave per Hong Kong. Ma prima che facesse buio ero di nuovo per strada. La calura era insopportabile e la cucina emanava un tanfo disgustoso, le grida dei *coolie* e delle ragazze diventavano sempre più squillanti. Il tentativo di fare un bagno fallì, anche se tenni le scarpe ai piedi per non scivolare, ma tutto quello che toccavo era così oleoso e sudicio che, metà per disgusto e metà perché tanto scivoloso, dovetti desistere, come per ogni cosa che cercavo di intraprendere in questo maledetto paese. Certo, non dovevo dare la colpa alla Cina, nei porti europei la situazione non sarebbe stata la stessa? Eppure era diverso: qui scivolava via e lo squallore era giallo e uniforme; in Europa cozzavo contro tutto ed era nero e ghignante.

Da questi e altri pensieri capii che ero di nuovo in procinto di impazzire. Mi rivestii velocemente, adesso mi sentivo quasi ricoperto non di uno strato di polvere di mesi, com'era realmente, bensì di una pelle antica, che non potevo più sfilarmi di dosso. Ero nel vicolo accanto alla pensione e d'un tratto corsi via, deciso a trascorrere comunque la mia ultima sera giocando a Fan Tan. Mentre uscivo dal vicolo, quasi mi spezzai le gambe sulle sbarre di un risciò in attesa e mi ci infilai subito dentro. Ormai era pressoché buio, eppure in strada c'era poca gente, come in genere accade in tutte le città orientali. Anche nelle case c'era poca luce, erano ancora troppo poveri per comprare una candela di sego. Volevo uscire in fretta da quel quartiere ed esortai il mio *coolie* a partire senza dirgli dove doveva portarmi.

Da qualche parte, nel centro di una città cinese, non ricordo più quale, c'è l'ingresso dell'oltretomba. È una voragine nella strada lungo il fiume, basta scendere semplicemente i gradini per ritrovarsi nel regno delle ombre, proprio come a Londra si scende per prendere la metropolitana. Trenta scalini in giù e si è arrivati.

E il *coolie* non si sarebbe forse fermato davanti a un abisso del genere, sapendo che proprio non potevo sopportare il mondo dei vivi? E neanche il mare, per cui non avevo altro posto dove andare? I guidatori di risciò hanno un grande intuito nell'indovinare i desideri dei loro passeggeri. Ma questo mi portò solo alla fine della strada e si fermò su un piccolo spiazzo, col suo sudicio viso mezzo girato verso di me. Malgrado avessi notato proprio qui una casa con una lanterna e di fronte un'insegna sconciamente trasparente "first class Fan Tan house", volli invece proseguire, mi vergognavo anche di aver scomodato il *coolie* per un tratto così breve. Desideravo un cambiamento o un luogo più aperto, e dissi: "*More far, Praia!*". Mi aveva capito? Si risollevò dalla posizione semiaccovacciata che aveva assunto, mentre io sembravo esitare tra due lanterne. Qui chi traina questi veicoli ha meno da fare, eppure si stanca e rimane senza fiato più facilmente che in altri luoghi dove trotta a lungo nelle ore più calde della giornata, anche in salita.

Eravamo ancora nella parte cinese e dovevamo superare la zona centrale mista, per poi ridiscendere dall'altro lato. E la discesa era ancora più ardua, con il suo peso esiguo e le forze limitate l'uomo doveva trattenere me e il risciò. Per fortuna le strade erano molli e fangose. Un paio di volte fui sul punto di scendere, ma lui faceva uno sforzo maggiore; evidentemente temeva di perdere il suo carico. Questo mi diede un po' più di fiducia. Finalmente in fondo alla strada vidi una larga fascia illuminata dalla luna, sentivo già la brezza fresca.

Da una traversa spuntò un risciò, che per un tratto mi rimase attaccato dietro, finché non feci cenno al mio *coolie* di accostare per far passare l'altro veicolo; non mi piaceva l'idea di avere qualcuno alle calcagna in questa città dove di polizia ce n'era poca o niente. Di sicuro provavo nuovamente un senso di attaccamento alla vita, per questo m'importava. L'altro ci sorpassò, dentro c'era una donna allungata all'indietro, apatica o stanca, il piccolo viso scuro sporgeva di poco dal bordo, e un braccio nudo esile e seducente era poggiato sulla verniciatura.

Erano anni che non vedevo una donna così da vicino. Aveva la bocca piccola e socchiusa, il naso pronunciato, come tutte le portoghesi, gli occhi castani e seducenti, mi sbagliavo? No, accennò un sorriso, beffardo o cordiale? Come avrei potuto intuirlo? A ogni modo, mi aveva notato, non c'è da meravigliarsi che ne fossi subito affascinato e ordinai al *coolie* di seguirla. Si tenne a breve distanza e così arrivammo sulla grande Praia. Subito mi resi conto che c'ero già stato, di sicuro durante la passeggiata della notte precedente, ma i dintorni non m'interessavano più, ero tutto intento a sbirciare nella carrozza davanti; adesso vedevo solo i capelli neri raccolti sulla nuca. Ero certo che fosse di una bellezza stupefacente.

Non s'incontrava niente di simile nemmeno a Hong Kong, figuriamoci qui nella misera Macao! Ma era così, i portoghesi – perlomeno quelli veri – e i pochi francesi ancora costretti a vivere qui erano più esigenti dei coloniali inglesi. O forse proveniva da una famiglia in vista? Ma in quel caso non sarebbe certo andata in giro da sola!

Continuammo a trottare e non guardavo né a sinistra, dove sull'acqua illuminata dalla luna ondeggiavano alcuni sampan e piccoli battelli, né a destra, dove ogni tanto ci superava un altro risciò o un'automobile. Pensavo esclusivamente a me, a cosa fare. Accostarmi? Ma così mi sarei scoperto. Aspettare che imboccasse una traversa per poi entrare con lei senza farmi notare? Forse neanche lei lo sapeva e la possibilità di un incontro dipendeva da una mia mossa, e continuai a seguirla. E se si fosse sottratta a me? Certo che la vita sulla terraferma è complicata.

Arrivammo in fondo al mezzo giro della Praia senza che nulla fosse ancora accaduto; a breve avrebbe svoltato o sarebbe entrata da qualche parte. Diedi al *coolie* una spinta sui lombi e lui scattò in avanti, così mi ritrovai di fianco a lei, e capii subito di aver commesso un errore. Si tirò su e mi guardò indignata, balbettai qualche parola di scuse in portoghese, e la donna sorprendentemente sorrise; credo che dopotutto mi sarei trovato bene con lei. Ma era tardi, d'improvviso il suo risciò imboccò un viale, passando sotto un ampio arco. In fondo intravidi un grande edificio bianco, che senza dubbio doveva essere il più bello di tutta Macao; dunque era lì che viveva.

Il mio risciò si bloccò di colpo, come davanti a un muro invisibile, e quasi venni sbalzato fuori. Per sbarazzarmene in fretta diedi all'uomo fin troppo denaro, ottenendo l'effetto contrario: rimase ad aspettare al cancello e a fatica riuscii a farlo indietreggiare un po'. Mi fermai all'ingresso, sotto le fronde di un platano; in fondo al viale scorsi delle luci attraverso la vegetazione, come se davanti alla casa ci fosse una veranda piena di piante. Non potevo restare lì impalato e mi avvicinai senza far rumore. C'erano alcune sedie a dondolo, su una era seduta lei, con il viso rivolto all'esterno, di fronte aveva due uomini, uno alto e magro con i capelli grigi, l'altro basso e tarchiato con i capelli corvini, un vero portoghese. I tre parlavano poco, era evidente che fossero annoiati. Le sedie dondolavano lente, arrivò un servitore, attese un ordine e sparì di nuovo.

D'un tratto lei mi vide, la sua espressione passò dalla sorpresa, all'indignazione, alla paura, e di sicuro mi tradì, perché i due uomini mi vennero incontro, il giovane grasso mi urlò contro, l'anziano mi afferrò; ma non feci molta fatica a liberarmi.

Mi lasciarono lì e si misero a parlare tra loro. Capii che il giovane raccomandava all'altro di essere cauto. Qualche tempo prima uno zelante missionario scozzese presbiteriano aveva tenuto il cappello in testa durante la processione, era scoppiata una lite, lo avevano arrestato, ma poi erano stati costretti a rilasciarlo con tanto di umili scuse al governo britannico.

Che cosa non avrebbero fatto, se un irlandese cattolico si fosse mostrato irrispettoso? Si vedeva che il più vecchio si stava agitando e l'altro provava a riportarlo alla ragione, dicendogli che era tutto inutile. Non faceva che urlare: "Farria Amaral Passaleão, tutto per niente, umiliazione", gesticolando come un folle. Da sopra le loro teste io fissavo la donna e lei me. Era come se tutta la faccenda non ci riguardasse, lasciai perdere e andai di nuovo verso di lei. Mi presero per le braccia e arrivò anche un servitore a dare man forte, ma alla fine facemmo tutti lo stesso gesto, abbandonammo le braccia lungo i fianchi scuotendo la testa: niente importava. L'uomo attempato non riusciva più a parlare, l'altro disse: "La lasciamo in pace se esce immediatamente da questo giardino. Si compri qualcosa da bere". E mi diede del denaro.

Rimasi lì per un attimo, ma la compagnia rientrò e io m'incamminai a passo lento all'uscita del viale.

Proprio accanto all'elegante dimora c'era una bettola quasi buia, il posto giusto per me. Provai ad annegare la mia coscienza il più velocemente possibile e dovetti perderla alquanto in fretta; mi accorsi che fuori mi aspettava lo stesso *coolie*. All'inizio tanta lealtà mi commosse, poi mi amareggiò, ma un'ondata di risentimento finì per avere la meglio; cambiai idea, ero di nuovo deciso a conquistarmi l'ingresso. Dopotutto quel governatore era solo un portoghese, e sua figlia cos'era? Una meticcia, più cinese che bianca. Tornai nel giardino; la casa era già buia, vedevo solo una chiazza bianca sfumata. Non era forse Waglan, che la nave doveva oltrepassare nella notte nebbiosa? Inciampai su una radice, caddi in avanti nel fango nero e rimasi disteso lì dove mi trovavo.

Mi risvegliai nella stanzetta della pensione cinese, senza soldi e pieno di lividi, ma così alleggerito come non mi sentivo da anni, mai più da quando ero sceso dalla *Trafalgar*. Come avevo fatto a tornare? Forse era stato lo stesso *coolie*, che mi aveva atteso tanto fedelmente; nel tragitto mi avrà portato in un vicolo oscuro, picchiato fino a farmi perdere i sensi e poi derubato. Del resto doveva pur assicurarsi di essere pagato, non gliene feci un torto.

Ma come avrei fatto a tornare a Hong Kong, senza denaro? Mi diressi alla banchina, cercai di non dare nell'occhio e salii a bordo con una folla di passeggeri dell'interponte. Il grasso commissario di bordo era al boccaporto, ma sembrò riconoscermi, perché finse di non vedermi. È probabile che a tutti i bianchi che partono da Macao, dove al gioco hanno perso una fortuna, venga dato un passaggio gratuito a spese dell'amministrazione portoghese; forse avrei potuto viaggiare in prima classe. Non tentai la sorte, ero già felice di essermi imbarcato. La nave si staccò lenta dalla banchina malmessa, fra il rombo stridulo del motore e il fischio del vapore; le persone ammassate a bordo e sulla banchina si urlavano saluti.

Man mano sentii anche qualcosa che mi scivolava di dosso, non avrei più avuto quei sogni, forse la rissa notturna mi aveva giovato. Ma forse della gran parte mi ero già sbarazzato nella traversata a piedi dopo l'agguato sulla *Loch Catherine* e quella baruffa era stato il tocco finale. Ripensai alla mia paura di un tempo e mi domandai stupito come fosse possibile. Ma d'un tratto divenni triste, io mi ero liberato, ma un altro che aveva cercato rifugio in me non lo aveva trovato. Ero arrivato troppo tardi?

Magari ci eravamo dati il cambio, io ero diventato lui e lui me? Perciò adesso ero un altro? Ma non avevo forse desiderato di essere liberato da me stesso? Sentii che mi assaliva l'antica confusione e scacciai quei pensieri come germi a cui adesso ero immune.

Mi rattristai, poiché Macao si allontanava sempre più, distesa com'era sulla sua penisola. La costeggiammo, per un attimo la città si restrinse, poi la vidi di nuovo nella sua vastità dall'altra angolazione e tra le tante case marroni notai un edificio bianco. Non sarei mai più tornato. Una sorta di tenerezza per quel misero luogo fatiscente mi strinse la gola. Odiavo Hong Kong con i suoi empori e magazzini, le ville eleganti e le migliaia di castelli sul mare, che galleggiano nella immensa baia blu. Avrei voluto trascorrere il resto della vita a Macao, mi ci trovavo bene – e a nessuno importava di me. Tuttavia dovevo restare in quella vita, in cui bisogna sempre diventare qualcosa per non degenerare.

Era finita, tornavo su una nave alla vecchia esistenza, ma più temprato contro le privazioni, il caldo, le umiliazioni, fermamente deciso a respingere eventuali incontri con l'altro, a rimanere me stesso.

Mentre mi lasciavo alle spalle Macao, che man mano spariva in lontananza, sentii crescere in me un coraggio colmo di malinconia: d'accordo, sarei diventato come gli altri, ma d'ora in avanti le mie azioni non sarebbero più state frenate dal pensiero di essere un'anima perduta, bensì rafforzate dalla convinzione che non avevo più nulla da perdere, e che il tranquillo passato ormai in decomposizione non avrebbe potuto prelevarmi per sfuggire alla mia vita.

Tornavo indietro. Ma non sarei rimasto a lungo su una nave e mi sarei avventurato in questo paese, dal quale ancora non avevo avuto che un viaggio attraverso un'arida steppa, una manciata di giorni mezzi storditi e mezzi ubriachi in una città deserta, poi litorali, bassi e rocciosi, accidentati o uniformi, ma sempre sfuggenti, infine i porti, dove avviene lo scambio di secrezioni tra Europa e Asia, e gli uomini non sono che agenti di fermentazione che accelerano il processo.

Per primo avrei visitato il luogo che più avevo cercato di evitare, poiché è tanto crudele verso i poveri e i deboli che la gente li lascia tranquillamente morire per strada. Prima di tutto Shanghai. Da lì, perpendicolarmente alla costa, attraverso le pianure, fin dove le montagne si ergono in lontananza dalle torbide risaie, disseminate di campi di papaveri come laghi rossi.

Semmai da qualche parte sulla terra vi fosse ancora la felicità, doveva essere lì, presso la più antica saggezza, la natura più elevata e il piacere più puro. Beato nel presente, corazzato dalle tante cicatrici del passato, sarei stato capace di affrontare senza timori tutti i fantasmi e i demoni, senza fondermi con loro, offrendo loro ospitalità senza farmi cambiare di un solo capello, di una singola cellula.

Io, che all'inizio ero così fragile e non osavo poggiare neanche un piede sul suo margine più esterno, penetrerò questa terra da sempre immacolata, che non respinge, ma tollera; che in apparenza si lascia conquistare, e uccide tutti i barbari e i forestieri nella sua lenta morsa che soffoca piano e sotto il peso della sua massa.

Essere uno dei milioni privi di consapevolezza – quale felicità. O, se questo è irraggiungibile, essere uno che sa tutto, ha tutto alle spalle e ciò nonostante continua a vivere.

Postfazione
di Jane Fenoulhet[1]

Lo scrittore olandese Jan Jacob Slauerhoff (1898-1936) nacque a Leeuwarden, capoluogo della provincia della Frisia, nel nord dei Paesi Bassi. Studiò medicina, ma non ebbe un percorso lavorativo convenzionale. Slau, com'era noto agli amici, combinò la professione medica con la scrittura, in quella che sarebbe stata una breve e intensa vita nomade. Si lasciò alle spalle il mondo ristretto dei Paesi Bassi per viaggiare, dapprima in Europa e in seguito in Estremo Oriente, lavorando come medico di bordo sulla rotta Cina-Giava-Giappone. Queste peregrinazioni furono all'origine di uno dei versi più noti della poesia olandese: "*Alleen in mijn gedichten kan ik wonen*" ("Solo nei miei versi posso dimorare"), tratto dalla poesia *Woninglooze* (*Senza dimora*). Una sensibilità nomade di questo tipo, che si richiama al Romanticismo del diciannovesimo secolo anticipando al tempo stesso l'estrema

[1] Jane Fenoulhet è docente di letteratura olandese presso l'University College London.

mobilità odierna, era altamente inusuale per l'epoca in cui Slauerhoff scriveva.

Nella storia della letteratura olandese negli ultimi trent'anni, Jan Jacob Slauerhoff figura prevalentemente come poeta: il *poète maudit* dei Paesi Bassi, per la precisione. Non si tratta di un facile accostamento: proviene dallo scrittore stesso, la cui autoidentificazione con Tristan Corbière è palese, tanto negli scritti critici che nelle lettere. Il biografo di Slauerhoff, Wim Hazeu, analizza la sua personalità poetica in relazione a Verlaine, Rimbaud e Laforgue oltre che a Corbière. Allo stesso tempo, Slauerhoff è più sovente descritto come un poeta romantico a causa dei temi trattati, come la perdita, il desiderio, l'amore destinato al fallimento, i paesaggi onirici e le peregrinazioni attraverso i mari. Il poeta olandese suo amico Hendrik Marsman, nella recensione della raccolta di poesie *Eldorado* del 1928, sottolineò che, nonostante le tematiche predilette di Slauerhoff fossero "romantiche fino all'osso", la sua sensibilità e la sua dizione poetica erano moderne.

Slauerhoff era già un poeta affermato quando pubblicò le sue prime opere in prosa – due raccolte di racconti, *Het lente-eiland en andere verhalen* (*L'isola della primavera e altre storie*) e *Schuim en asch* (*Schiuma e cenere*) – nel 1930. *Il regno proibito* seguì nel 1932; uscì in nove puntate sulla rivista letteraria *Forum* e immediatamente dopo sotto forma di libro. L'opera s'impone come uno dei romanzi più sperimentali e dalla scrittura più vivida della letteratura in lingua olandese. La storia è ambientata nel sedicesimo e nel ventesimo secolo e, in modo molto simile all'*Orlando* di Virginia Woolf, il viaggio nel tempo va di pari passo con la trasformazione del personaggio principale. Ma mentre Orlando nel corso dei secoli da uomo si trasforma in donna, il personaggio di Slauerhoff è un marconista del ventesimo secolo che 'diventa' il poeta portoghese del sedicesimo secolo Camões. Nella sua inosservanza delle norme del racconto realistico, *Il regno proibito* si afferma come un romanzo modernista.

Le tecniche narrative impiegate da Slauerhoff non erano mai state utilizzate prima nella letteratura olandese, e alcuni recensori le trovarono senza dubbio ardue. Slauerhoff non si lascia vincolare dalle aspettative dei suoi lettori; al contrario, le destabilizza continuamente. Non mantiene la promessa, formulata nel prologo al *Regno proibito,* in cui narra la fondazione della colonia portoghese di Macao nel sedicesimo secolo, di produrre uno scritto storico. O, in ogni caso, lo frammenta con altre narrazioni. Prendiamo ad esempio il primo capitolo: è anch'esso ambientato nel sedicesimo secolo, ma nella madrepatria portoghese. Nel racconto si alternano la voce di Camões stesso e, quando si tratta dell'espulsione del poeta dal Portogallo a causa del suo amore per la promessa sposa dell'*infante,* quella di un narratore in terza persona. Al lettore non è mai data la possibilità di mettersi a proprio agio in una relazione confortevole con il testo, anche se la storia di Camões alla fine si fonde con quella della creazione della colonia, poiché il luogo dell'esilio di Camões risulta essere Macao. Ma il capitolo sei introduce una nuova storia e simultaneamente spezza l'arco temporale: è ambientato nel ventesimo secolo e narrato in prima persona da un nuovo personaggio. Al lettore è richiesto di credere – o forse far finta di credere – che il marconista in qualche modo 'si sintonizzi' su Camões, mentre a sua volta il personaggio del sedicesimo secolo 'colonizza' quello del ventesimo.

L'esperimento di Slauerhoff con il tempo della narrazione sembra coinvolgere in un primo momento due racconti distinti e non correlati, ma in realtà tende al contatto, attraverso il tempo, fra i protagonisti delle due storie. Il doppio arco temporale, e il modo in cui trova espressione tramite i personaggi, solleva interrogativi sia sulla percezione del tempo che sulla maniera in cui il tempo è tradizionalmente rappresentato nel romanzo realistico. Queste tematiche possono essere considerate alla luce di un fenomeno culturale più ampio, che ha le sue origini nelle teorie di Einstein. Sappiamo che Slauerhoff aveva letto e discusso *An experiment with time* (1927) di J.W. Dunne. L'aspetto interessante del libro di Dunne non è la teoria in sé, assimilabile all'ambito della pseudoscienza, ma il fatto che l'opera sia un segnale dell'interesse diffuso per l'esplorazione di idee relative al tempo e allo spazio. Dunne sviluppa un modello teorico che 'spiega' come in sogno sia possibile vedere sia il futuro che il passato, poiché il sognatore è "*in a field of existence entirely different from that of ordinary walking life*".[2] I due personaggi principali del *Regno proibito*, Camões e il marconista senza nome, si sognano a vicenda, e sperimentano visioni non soggette al tempo lineare.

Nel seguito di Slauerhoff del *Regno proibito* – *Het leven op aarde* (*La vita sulla terra*) – un personaggio del ventesimo secolo che assomiglia al protagonista del *Regno proibito* non solo ha un nome, ma realizza il viaggio in Cina pianificato in conclusione del nostro romanzo. Il nome di quest'uomo è Cameron, e gli scritti di Slauerhoff hanno rivelato dopo la sua morte che originariamente aveva in programma tre romanzi su Cameron. Nonostante la sua controparte nel *Regno proibito* rimanga anonima, userò qui di seguito questo nome, soprattutto nel fare riferimento al composito o ibrido personaggio Camões/Cameron.

2 "In una sfera dell'esistenza completamente diversa da quella dell'ordinaria vita da svegli".

I momenti di contatto fra i due protagonisti rappresentano una sorta di versione modernista del viaggio nel tempo: quella che, conformemente alle teorie di Dunne, ha luogo nella mente. Il carattere innaturale e magico dei momenti di contatto enfatizza il salto temporale, che dev'essere colmato con mezzi peculiari. In un romanzo di stampo tradizionale sul tema del viaggio nel tempo, come *La macchina del tempo* di H.G. Wells (1898) cui lo stesso Dunne fa riferimento, l'autore, non volendo violare il senso di un universo narrativo coerentemente realistico, fa appello alla scienza per l'invenzione di macchine speciali che rendano possibile il viaggio in un'altra epoca. In questo modo l'integrità dell'arco temporale nella sua totalità è preservata, poiché l'altro tempo è inscritto in quello dominante. Il personaggio di Slauerhoff, Cameron, sfugge completamente al tempo e abita fugacemente una dimensione in cui, come l'angelo della storia di Walter Benjamin, può vedere attraverso i secoli trascorsi. Camões, invece, è rivolto nella direzione opposta, verso il futuro.

Una differenza importante fra il racconto tradizionale di un viaggio nel tempo e il 'cammino' che percorre il marconista attraverso i secoli è che nel *Regno proibito* il passato non è visto con gli occhi del presente. Il personaggio del ventesimo secolo non è trasportato immutato in un'altra epoca allo scopo di vederla e commentarla; il confronto fra passato e futuro non è un tema esplicito della narrazione. Piuttosto, il romanzo realizza l'impossibile comunicazione tra passato e futuro con mezzi sottili e misteriosi: 'indizi' su ciò che sarà in seguito sviluppato fino ad arrivare a un climax. La prevista, ma impossibile, dissoluzione del tempo lineare ha effettivamente luogo. Il primo indizio dell'esistenza di un personaggio parallelo compare in un sogno ricorrente di Camões durante il viaggio verso Macao, narrato nel capitolo quattro:

> La mia dignità è svilita; sono inferiore agli altri e devo lavorare e obbedire per una paga da fame. Eppure sono più potente di quando a fatica abbinavo parole e le ordinavo sulla carta. Ora le scaglio nello spazio: percorrono distanze infinite, su una vibrazione che la mia mano produce con noncuranza. [...]
> Ora indossava sulla testa uno stretto cappuccio, poi aveva la sensazione che la nave non fosse più di legno, ma di ferro rovente... [...].
> Ora dei visi gialli si accalcavano nell'angusta cabina... [...].

Se il lettore in un primo momento è disorientato dall'evocazione di parole scagliate nello spazio, dai riferimenti cumulativi a elementi anacronistici del sogno, come il legno sostituito dal ferro nella struttura della nave e gli strani abiti aderenti indossati da coloro che si trovano a bordo, diventa presto chiaro che il sogno di Camões rappresenta una sorta di visione del futuro.

Perché gli 'indizi' funzionino il lettore deve nutrire il sentimento della loro attendibilità, e questo accade nei momenti di riconoscimento che hanno luogo più tardi nel romanzo: ciò che è percepito da Camões in un capitolo, viene realizzato dal marconista in un altro, e viceversa. Slauerhoff consegue questo effetto tramite la ripetizione di una particolare situazione e di alcune parole chiave. Così, per esempio, nel capitolo sei, narrato dal marconista, leggiamo: "Radio? Quanto tempo era passato dall'ultima volta che ero stato in una minuscola cabina con le cuffie in testa e la mano sulla chiave?". Echi distinti del sogno di Camões.

Il cuore del romanzo è il pericoloso viaggio all'interno del regno proibito della Cina, in cui gli europei nel sedicesimo secolo non erano ancora penetrati con successo. Quando Camões, malridotto a causa dell'esposizione al sole implacabile del deserto, si ritrova presso un'imponente pietra miliare, ha la sensazione che qualcun altro prenderà il suo posto, anche se lui stesso finirà per smarrirsi. Nel capitolo seguente, la nave di Cameron è attaccata da banditi che abbandonano l'equipaggio nel deserto. Cameron trova la pietra, vi si aggrappa, si sente misteriosamente rinvigorito e sopravvive alla disavventura.

Le circostanze che conducono alla temporanea fusione dei personaggi, che è anche una fusione temporale, sono cariche di simboli. Nel deserto, il marconista entra in una tomba in cerca di ombra e di frescura. La tomba è un simbolo molteplice: in quanto spazio chiuso e protetto rappresenta una condizione prenatale, che a sua volta può evocare una sorta di rinascita. Il marconista, rinchiuso nella tomba che ha la "forma di un utero", è protetto dal mondo. Per il lettore la tomba evoca inizialmente la morte, ma qui dev'essere intesa come il suggerimento di un inizio oltre che di una fine. Non vi è dubbio che, se il personaggio rimanesse al suo interno, non verrebbe mai ritrovato e morirebbe lì, ma il suo istinto di sopravvivenza lo espelle nuovamente verso l'ambiente ostile del deserto. La tomba è qualcosa di più che un simbolo della morte e della nascita: come le pietre che segnano il cammino (verso la sopravvivenza), è essa stessa una sopravvivenza del passato, un pezzo di storia, un rifugio nel presente. Anch'essa sfugge al tempo. Ma se in questo modo si ha accesso alla dimensione del tempo eterno, è lo spazio a giocare un ruolo cruciale; solo quando lo spazio fisico è identico per i due personaggi, si apre una fessura nel tempo.

La differenza fra questa scatola magica e il Tardis del dottor Who, per esempio, è che quest'ultimo, come la macchina del tempo di Wells, viaggia effettivamente verso la nuova fascia temporale, mentre quella di Slauerhoff rimane immobile. Apparentemente il viaggio ha avuto luogo nelle menti dei protagonisti. Ma c'è un problema che si pone al lettore. Quando il personaggio principale torna dal deserto mezzo delirante e sfinito, ha con sé delle monete d'oro di Macao, indossa abiti antichi e capisce solo il portoghese, nonostante parli inglese. L'ambientazione sarà anche il ventesimo secolo, ma il personaggio è un ibrido: il marconista è stato colonizzato da Camões. L'uomo trova un hotel, e mentre il suo corpo rimane sdraiato sul letto, la sua mente viaggia con facilità attraverso i secoli. L'esperienza è raffigurata nei termini di una discesa in una miniera in cui sono visibili gli strati sedimentati del passato, fra i quali compare anche un rapido riferimento alla scena di apertura del romanzo. Questo è un preludio alla fusione finale di Camões e Cameron. Questa volta l'edificio di pietra tramite il quale Cameron è trasportato indietro nel tempo è la cattedrale di Macao, una rovina nel ventesimo secolo, e teatro di una feroce battaglia nel quindicesimo. L'eroe della battaglia risulterà essere Camões, inaspettatamente ritornato dalla Cina; ma il lettore sa anche, dal resoconto personale del personaggio ibrido, che Camões/Cameron era tutto tranne un eroe. In realtà, era così traumatizzato dalle proprie esperienze estreme da rendersi a malapena conto di ciò che stava facendo.

Il regno proibito è molto più di un esperimento modernista sul tempo e la narrazione; è un romanzo d'avventura, un romanzo sullo spirito pionieristico di quelle prime spedizioni europee alla scoperta di nuovi territori e nuovi modi di generare ricchezza per coloro che avevano reso possibile il viaggio. È anche un romanzo sulla figura del reietto, poeta o marinaio, uomo esiliato dal mondo familiare in cui è cresciuto. È nomade, agogna la felicità, perde la testa per una donna bella e irraggiungibile che potrebbe essere attratta da lui, ma la cui condizione impedisce la vicinanza: un romantico moderno, che sperimenta sentimenti intensi e sofferenza. Ma è anche un invito alla riflessione sull'impresa coloniale e la violenza che questa ha implicato. Se nel libro di Slauerhoff il fulcro rimane l'alienazione dell'individuo in un mondo ostile, la descrizione del colonialismo e la visione negativa della cultura europea dominante gli attribuiscono una sfumatura politica.

I due personaggi principali si ritrovano dall'altro lato del mondo rispetto a dove sono nati: esuli non solo dal proprio paese natale, ma anche dalla civiltà europea. Ma se Camões e il marconista sono assimilabili nella loro qualità di vittime, le loro esperienze e soprattutto il loro atteggiamento nei confronti del regno proibito della Cina li differenziano. A Macao, Camões è vittima delle norme sociali tanto della madrepatria quanto della colonia: privato della propria libertà, viene torturato dai suoi connazionali e costretto a unirsi alla fatale spedizione per Pechino. Invece di trovare rifugio presso i coloni, Camões viene trattato da questi ultimi in maniera brutale. Nonostante sia fisicamente indebolito, e non rappresenti una minaccia evidente, la mentalità dei portoghesi a Macao è quella del sospetto nei confronti di tutti gli estranei. Temono che sia in possesso di conoscenze che loro non hanno, e per questo stesso motivo torturano anche i frati domenicani. Sottoposto alle condizioni estreme dell'incursione in Cina nell'ambito della fallita spedizione a Pechino, Camões perde ogni traccia della sua identità portoghese. Forse c'è un'identità residuale: quella della figura universale del poeta. Il ritratto di Camões dipinto da Slauerhoff è particolarmente sorprendente per un lettore del ventesimo secolo, consapevole che Camões è diventato, attraverso i secoli, il poeta nazionale del Portogallo, un simbolo di questo paese e della sua cultura. Nell'universo del romanzo di Slauerhoff, il poeta è alienato dalla cultura portoghese della madrepatria e anche da quella coloniale, per la quale è un esule: lontano anni luce dal simbolico Camões.

Anche il marconista è alienato dal proprio paese natale, l'Irlanda. A suo dire, questa alienazione è frutto del rifiuto subito nella comunità in cui viveva. Lui e la sua famiglia erano considerati differenti, non erano percepiti come veri irlandesi: "Non eravamo irlandesi. Eravamo gli ultimi rampolli della maledetta razza celtica pagana che aveva vissuto in quella terra prima di Cristo, diceva il parroco. No, discendenti dei naufraghi dell'Armada, dunque codardi che invece di combattere erano fuggiti navigando intorno alla Scozia [...], diceva il maestro".

Il prete e il maestro rafforzano la nozione dell'alterità della sua famiglia mediante spiegazioni 'storiche'. Nel romanzo di Slauerhoff, l'identità nazionale è problematica ed esclusiva, e l'esclusione può avvenire a causa dell'alterità percepita dagli altri, ma anche a causa del rifiuto da parte dell'individuo di conformarsi. Quando decide di addentrarsi nel regno proibito alla fine del romanzo, Cameron volta le spalle all'Europa.

Le questioni relative alle nazioni, alla nazionalità e al nazionalismo erano alla radice dell'instabilità europea negli anni Trenta, e l'interesse di Slauerhoff per la cultura nazionale non ha niente di sorprendente. Nei suoi scritti giornalistici, sembra accettare le differenze storiche fra le culture europee, ma rifiuta la nozione di un'identità nazionale rigida per l'individuo. Nella sua visione flessibile, quest'ultimo è suscettibile di essere forgiato dal contatto con altre culture. Il testo di Slauerhoff propone tre tipi di cultura: l'europea, la coloniale e il proibito 'altro'. *Il regno proibito* intrattiene una relazione scomoda con la storia che, come mostra il romanzo, può essere utilizzata allo scopo di marginalizzare gli individui. Il romanzo stesso abbandona la narrazione storica lineare del prologo in favore della destabilizzante narrazione duplice di passato e futuro. Il passato è una forza potente, quando s'imbatte in esso un individuo perso come il marconista. Lo libera da sé stesso, e gli permette di andare oltre ed esplorare una nuova cultura, non più regno proibito.

Hanno contribuito a far nascere questo libro:
Claudia Di Palermo (traduzione)
Federica Romanò (traduzione della postfazione)
Riccardo Trani (cura redazionale)
Emmanuela Nese (impaginazione)
Ada Carpi (art direction)
Maria Galeano (ufficio stampa)

Il carattere usato per il testo è l'Itc New Baskerville, disegnato da John Baskerville. I caratteri usati per la copertina sono il Futura, disegnato da Paul Renner e il Din Schrift, disegnato dalla fonderia David Stempel.

Stampato per conto
della casa editrice Nutrimenti
da Arti Grafiche CDC – Città di Castello (Pg)
nel mese di aprile 2016
Printed in Italy